2

3

Herstellung und Verlag:
BoD - Books on Demand, Norderstedt
ISBN 978-3-7431-0964-3

5

Auf seine Art ist das hier vorliegende Buch ein experimenteller Text.

Es handelt sich um eine Art von denkbarer Versuchsanordnung:

Man nehme eine Frau und einen Mann.

Man bringe sie in eine Situation der Isolation und das, ohne dass sie wissen, ob sie diese Situation überleben werden.
Des Weiteren sorge man dafür, dass die Protagonisten sich nicht sehen oder berühren können.

Was passiert also, wenn man zwei Menschen in eine völlig ausweglose Situation bringt und sie nur noch wenig Zeit zu leben haben, aber nur miteinander reden können?

Leopold es Vedra

Die genannte Situation wird her gestellt

Lautlos löste sich der Space-Bus von der Orbitalstation.

Desirée sah sich den Planeten Erde an, der sich majestätisch langsam unter der orbitalen Raumstation, dem Space-Bus und ihr hinweg drehte.

Die Reise zur Lunabasis würde zwei Erdentage dauern und nach drei Monaten würde sie zurück reisen, um einen halbjährigen Urlaub auf der Erde zu verbringen.

Außer ihr wurden noch etwa zweihundert weitere Personen befördert, um einen Teil der derzeitigen Mann- und Frauschaft auf dem Mond ab zu lösen.

Wie immer befanden sich auch Touristen an Bord, die für viel Geld einen zweimonatigen Mondaufenthalt geboten bekamen.

Auch die Raumstation versank langsam unter

Desirée und dem Space-Bus.

Mit leicht melancholischem Blick sah sie die Erde unter sich versinken, den Planeten, auf dem sie die meisten Jahre ihres Lebens verbracht hatte, wenn man von den Jahren absah, die sie auf dem Mond zur technischen Betreuung der Basis gearbeitet hatte.

Vielleicht sollte sie doch noch 'mal konkret darüber nachdenken, den nächsten frei werdenden Platz als Pilotin des Space-Bus zu übernehmen. Gerade die Navigation in Erdnähe und die Andockmanöver an der Raumstation faszinierten sie schon seit langer Zeit. Außerdem wäre sie als Space-Bus Pilotin öfter auf dem Planeten.

Desirée befand sich alleine in diesem Abteil und hatte somit die alleinige Möglichkeit, dass Televideoprogramm aus zu wählen.

Mit der Fernsteuerung schaltete sie von Kanal zu Kanal. Mindestens dreißig Filme von denen sie mindestens neunundzwanzig schon gesehen hatte, mindestens zwanzig Sportarten von denen sie nicht eine einzige interessierte, mindestens drei Talkshows, die schon aufgrund ihrer fehlenden Möglichkeit mit zu reden und den Beteiligten ihre Meinung zu sagen, völlig uninteressant waren.

Ein Magazin zur sexuellen Stimulation für Frauen.

Blödsinn, sexuelle Stimulation sollte bei Frauen auch nicht anders wirken, als bei Männern.
Sie sah sich dieses Magazin eine Weile an.
Eine Frau kämmte sich stundenlang.
Ob die wohl darin etwas anderes als eine körperliche Notwendigkeit sah?
Sie stand vor einem Spiegel und betrachtete nun ihren nackten Körper.
Wenn man an die sexuelle Stimulation von Männern gedacht hätte, wäre jede Phase der Entkleidung gezeigt worden.
Sie griff sich in ihr haariges Dreieck und kraulte ihren Venushügel...
Klick...
Desirée wechselte das Programm und schaltete nach einigen Minuten ganz aus.
Nach einigen Handgriffen hatte sie den *Akustikinformator* eingeschaltet; sie wusste genau, dass ihre Eltern dazu immer noch Radio sagen würden.
Die Sendung war interessant.

'Das Überraschungsmagazin!'

Seitdem die versteckte Kamera an Aktualität verloren hatte, war das versteckte Mikrofon in den

Mittelpunkt des Interesses der Zuhörer gerückt worden.

Personen wurden in schwierige, ja teilweise aussichtslose Situationen gebracht, mit verstecktem Mikrofon aufgenommen und dann nach längerer Zeit mit dem Ausspruch 'Überraschungsmagazin' *aus ihrer misslichen Lage befreit.*

In der Sendung, die Desirée hörte, hatte man ein Mikrofon in einem katholischen Beichtstuhl unter gebracht.

Ein Ruck ging durch den Gleiter, um Desirée in die Wirklichkeit zurück zu katapultieren und anschließend war ein Krachen zu vernehmen.

Desirée hatte in Windeseile die Gurte gelöst, als sie einen starken Luftzug bemerkte.

Es musste sich um ein Leck in der Außenhülle des Raumgleiters handeln.

Da sie es gewohnt war, sich in der Schwerelosigkeit zu bewegen, schaffte sie es sehr schnell, den Weg zur nächstgelegenen Rettungskapsel zurückzulegen.

Rettungskapsel 23 war auf dem Hinweisschild zu lesen.

Rettungskapseln waren rund um den Gleiter vorhanden, so dass nicht nur für jeden Insassen ein Platz erreichbar war, sondern auch so positioniert, dass sich jeder Insasse innerhalb von wenigen Sekunden in eine solche Kapsel begeben konnte.

Luke zwei war geöffnet und Luke eins hatte man schon verschlossen.
  Da diese Luke nur durch die Automatik verschlossen wurde, musste sich schon jemand in der Kapsel aufhalten, der schneller gewesen war, als sie.
  Sie glitt durch die schmale Öffnung und die Luke schloss sich über ihr automatisch.
'Zong!'
  Ein lautes Knallen war zu hören. Desirée war klar, welche Bedeutung dieses Geräusch vermittelte. Die Rettungskapsel war von dem Raumgleiter abgesprengt worden!

„Was ist passiert?"
  Die Stimme eines Mannes klang etwas verängstigt, aber auch interessiert.
  Die Stimme des Mannes hatte sie noch nie gehört.
    „Keine Ahnung, wahrscheinlich ein Vakuumeinbruch!"

„Ach!"

Ihr schoss ein Gedanke durch den Kopf.

„Wie kommt es, dass du so schnell in der Kapsel warst? Normalerweise ist es unwahrscheinlich, dass jemand schneller hier war, als ich, denn ich habe mich verdammt beeilt!"

„O, dass ist ganz einfach, ich habe mich sofort in die Kapsel begeben, denn man weiß ja nie. Und dann, als ich mich setzte, schloss sich die Luke und ich wusste nicht, wie man hier wieder heraus kommt."

Desirée begann schallend zu lachen.

„Das darf doch nicht wahr sein! Hast du denn gar keine Ahnung?"

„Nein, ich bin Tourist, ich habe die Reise gewonnen!"

„Auch das noch!"

Wenige Sekunden vergingen im Schweigen, dann vernahm sie wieder seine Stimme.

„Ich heiße Evangelos!"

„Na, wenigstens einen schönen Namen hast du!"

„Du scheinst dich ja hier aus zu kennen, wie kann man in diesem Ding Licht machen!"

„Wenn es nicht ohnehin an ist, gar nicht!"

„Warum?"

„Weil dann ein Defekt in der Beleuchtungsanlage

vorliegt!"

„Deine Stimme kommt von hinten, hat das einen besonderen Grund?"

„Ja Evangelos, wir sitzen mit dem Rücken zueinander, weil *Klaus-Dieter Brand* gedacht hat, dass das bei der räumlichen Enge der Kapseln die sinnvollste Sitzanordnung ist. Kritiker haben dazu allerdings eine ganz andere Theorie!"

Als sie nicht weiter redete, obwohl ihre Betonung die Möglichkeit gelassen hatte, dass der Satz noch weiter ging...

„Welche?"

„Na ja, der Großonkel von *Klaus-Dieter Brand* hatte in den Sechziger Jahren eine Science-Fiction Serie verantwortet und in dieser Serie..."

„Ren Dhark! Die Serie kenne ich. Du meinst er hat die Rettungskapseln so konzipiert, weil er den Beibooten der Raumschiffe der Mysterious ein Denkmal setzen wollte?"

„Ja, genau so..."

Einige Anzeigeinstrumente leuchteten vor ihren Augen.

„Evangelos?"

„Ja?"

„Du sitzt fataler Weise auf dem Platz, auf dem ich sitzen sollte!"

„Dann lass uns doch die Plätze tauschen!"

„Das geht nicht, dazu müssten wir aussteigen und das wäre unser beider Untergang! Wir befinden uns nämlich im Vakuum."

„So 'n Mist! Wie heißt du eigentlich?"

„Desirée! Desirée Garter!"

„Schöner Name! - Ich sag das nicht einfach nur so, nein, der Name gefällt mir wirklich!"

Eine Computerstimme begann zu schnarren.

„Fehlfunktion! Fehlfunktion! Fehlfunktion..."

Desirée brauchte einige Sekunden um die Stimme auszuschalten.

„Was ist denn los?"

„Nichts, ich hoffe nur, dass die da draußen wissen, wo wir jetzt sind!"

„Und wenn nicht?"

„Dann haben wir noch Nahrungsmittel für die nächsten zwei Monate und unbegrenzten Sauerstoff, aber der wird uns dann auch nicht mehr viel helfen!"

Evangelos schwieg, ebenso wie Desirée.

Nach einigen Minuten hörte sie seine Stimme wieder.

„Was sollte das mit der Fehlfunktion?"

„Ach ja, die Fehlfunktion! Wenn sie sich nicht auf die Beleuchtung bezieht, dann auf etwas anderes, wir können nur hoffen, dass es sich dabei um die Beleuchtung handelt!"

Sie schwiegen.
Nach einer Viertel Stunde war es Desirée, die das Schweigen brach.

„Wir sind jetzt wohl verdammt aufeinander angewiesen, ich bin ja gespannt, wer von uns zuerst verrückt wird!"

„Wird man nach uns suchen?"

„Das hängt davon ab, was mit dem Raumgleiter geschehen ist und ob es noch anderen Leuten gelungen ist, in eine Rettungskapsel zu gelangen!"

„Du meinst, dass es die anderen vielleicht gar nicht geschafft haben?"

„Ja, oder noch etwas anderes! Wenn sich die Fehlfunktion nicht auf die Beleuchtung, sondern auf unser Abdocken bezieht, dann ist den anderen Leuten vielleicht gar nichts geschehen! Vielleicht haben sich die Schotten schnell genug geschlossen und der Gleiter konnte zur Orbitalstation zurück kehren!"

„Aber dann wird man doch die Rettungskapsel vermissen!"

„Sicher, aber vielleicht wird man dann auch erkennen, dass sie aufgrund einer Fehlfunktion ins All gelangte!"

„Aber man wird doch dann wissen, dass wir fehlen!"

„Ja, aber wenn durch den Vakuumeinbruch

Menschen ins All gerissen wurden, könnte es genau so gut möglich sein, dass auch du und ich dabei waren!"

Evangelos schwieg!

Nach einer Viertel Stunde hörte sie wieder seine Stimme.

„Zwei Monate!"

„Mindestens! Wenn wir das genauer wissen wollen, dann musst du nach meinen Anweisungen einige *Check ups* durchführen, denn wir sitzen ja auf den falschen Plätzen!"

„Desirée!"

„Ja?"

„Ich muss pinkeln!"

„Und du kennst dich überhaupt nicht mit der Raumfahrt aus und weißt nicht, wie du das in der Schwerelosigkeit machen sollst!"

„Ja!"

„Dabei hast du es ziemlich einfach, wenn man deine Möglichkeiten mit meinen vergleicht!"

Sie seufzte vernehmlich.

„Du solltest zunächst einmal deine Hosen alle ausziehen, denn du wirst sicher noch öfter pinkeln müssen, - wenn es dabei bleibt! Allerdings ist es unwahrscheinlich, dass jemand zwei Monate ohne zu Scheißen durchhält."

„Also Hosen ausziehen!"

„Gut, bei der Gelegenheit kann ich das gleiche tun, denn irgend wann muss ich ja auch mal pinkeln!"

Die Dunkelheit, die nur unvollständig von den glimmenden Instrumenten erleuchtet wurde, ließ einige Geräusche vernehmen, die in anderen Situationen sicher anregender gewesen wären.

„Desirée!"

„Ja?"

„Ich habe jetzt alle Hosen aus!"

„Gut, wenn du links unter der Anzeigetafel eine kleine Klappe ertastest, aus der ein um etwa fünfundvierzig Grad abstehender Hebel ragt, brauchst du den Hebel nur nach rechts zu kippen und die Klappe öffnet sich!"

„Ja, alles klar!"

„Dann brauchst du nur noch den Trichter, der an dem Schlauch befestigt ist, vor deinen Penis zu halten und die aufgerollte Plastiktüte wie bei einem Pariser drüber zu rollen!"

„Geht nicht! Er steht!"

Desirée musste lachen.

„O Mann!"

Desirée stellte sich vor, wie Evangelos versuchte sich das Urinar über seinen erigierten Penis zu rollen.

„Dann musst du warten, bis er nicht mehr steht!

Nur hol dir ja keinen runter!"

„Was?"

„Wenn du dir einen runter holen willst dann spritz nicht in der Gegend herum, denn wir befinden uns hier in der Schwerelosigkeit!"

„Was?"

„Wenn du wichst, dann nur in das Urin ableitende System!"

„Aber ich wichse nicht!"

„Wenn wir noch zwei Monate zu leben haben, wirst du wichsen!"

„Er steht nur, weil ich..."

„Warum?"

„Na, weil..."

„Na komm schon, oder meinst du, du könntest auf diesem engen Raum irgend etwas vor mir verheimlichen? Auch wenn wir uns nur hören können, mir wird nichts entgehen, was dich betrifft und das gleiche gilt für dich..."

„Das habe ich gemerkt! Was meinst du, warum er steht? Ich habe mit dir gesprochen, habe deine Stimme gehört und wusste, dass du dir die Hose aus ziehst, da hat er eben gestanden!"

„Hat? Soll das heißen, er steht nicht mehr?"

„Doch!"

„Wenn du dir das Urinar überziehst, dann kannst du dir munter einen runter holen!"

„Da kennen wir uns kaum eine Stunde und reden schon über Themen, die man normalerweise mit anderen Menschen vermeidet!"

„Wir befinden uns auch in einer Situation, die man normalerweise mit anderen Menschen kaum erleben wird!"

„Da hast du recht!"

Evangelos seufzte.

„Ich werde gar nicht anders können, als mir in deiner Gegenwart einen fertig zu machen! Oder glaubst du, dass ich bis zu meinem Lebensende auf Orgasmen verzichten kann?"

„Eben und mir wird auch nichts anderes übrig bleiben, als in deiner Gegenwart zu masturbieren! Wir können nichts voreinander verheimlichen!"

„Stimmt! Wie machst du das mit dem Pinkeln?"

„Für mich gibt es auf der anderen Seite eine Klappe, nur das diese Klappe keinen Hebel hat, der in den Raum ragt, sondern einen Schlitz, in den man seinen Finger stecken muss, um einen Knopf zu betätigen. Dann kommt ein sichelförmiger Trichter raus, der ziemlich genau der Anatomie entspricht. In dem daran befindlichen Schlauch wird dann genau wie bei dir ein Unterdruck erzeugt!"

„Und dann kannst du pinkeln! Jetzt habe ich dieses Ding drüber geklinkt!"

„Steht er noch!"

„Was für eine Frage, wenn ich deine Stimme höre!"

„Hast du schon mal Telefonsex gemacht?"

„Nein! Du?"

„Nein, aber das ist genau das, was wir jetzt machen werden, ich werde mit dir reden und du wirst dir dabei einen ab wichsen!"

„Und was ist mit dir? Machst du dir dabei auch einen fertig?"

„Nein, aber wenn ich mir einen fertig mache, werde ich mich melden und du kannst mir eine anregende Geschichte erzählen!"

„Du meinst also ehrlich, dass ich mir jetzt einen runter holen sollte!"

„Klar, denn es ist in dieser Rettungskapsel nicht auszuschließen, dass das dein letztes sexuelles Erlebnis sein wird, daher sollten wir keine Hemmungen voreinander haben und bis zur Bewusstlosigkeit masturbieren, denn es gibt hier kein anderes Stimulanz!"

„Gut, gut, du hast mich überzeugt, ich werde mir einen wichsen!"

„Und ich werde versuchen dir eine anregende Geschichte zu erzählen, eine Geschichte, die ich vor einigen Jahren erlebt habe, eine Geschichte, bei der ich zum aller ersten Mal in Gegenwart anderer Personen masturbiert habe!"

Evangelos Erektion wurde noch stärker, wenn er sich vorstellte, dass Desirée jetzt möglicherweise zwischen ihre Beine griff...

Doch hatte sie nicht angekündigt, sie werde sich bei ihm melden, wenn sie masturbieren wolle?

22

„*Es war eine dieser 'MasSes', zu der ich eingeladen war.*
Nein, eigentlich war es anders, es war die erste 'MasSes', zu der ich eingeladen war."

„Du meinst doch sicher Masturbations-Session, keine direkten Kontakte, keine Ansteckung und trotzdem Spaß!"

„*Genau das...*
Sandra, die Gastgeberin, wollte unbedingt eine Mehrheit von uns Frauen, denn bei einer solchen Fete sei eine deutliche Überzahl und das bedingungslose fehlen starker alkoholischer Getränke unbedingt erforderlich. Außerdem war sie der Meinung gewesen, es müssten, je nach Ort des Geschehens, ausreichend Kondome vorhanden

sein.

Wie ich schon zuvor bemerkt habe, war es meine erste 'MasSes' und ich hatte nicht die geringste Ahnung, was auf mich zukommen würde, aber wozu brauchte man auf einer Fete Kondome und was hatte deren Verwendung mit dem 'Ort des Geschehens' zu tun?

Ich sollte es bald heraus bekommen!

Und es sollte nicht die letzte 'MasSes' gewesen sein, die ich besuchte.

Sandra hatte mir empfohlen, etwas aufregendes anzuziehen, trotz des Umstandes, den ich ihr anvertraut hatte, dass ich die nächsten Wochen mit Sicherheit keine Interessen mehr an Männern haben würde; der letzte hatte mir gereicht, mit anderen Worten, ich hatte nicht das geringste Interesse an einer festen Bindung und bumsen lassen wollte ich mich schon gar nicht, auch wenn, ebenso wie Salzstangen, reichlich Kondome eingekauft wurden.

Ich hielt mich, einer Laune folgend, an Sandras Empfehlung und kleidete mich aufregend, eigentlich so aufregend, wie nie zuvor.

Tatsächlich hatte ich es niemals vorher gewagt, mich so anzuziehen, noch nicht einmal zur Karnevalszeit.

Da ich aber auf die deutliche Mehrheit vertraute, die wir Frauen bilden würden, bei Sandra übernachten sollte und mit Nicole in ihrem Wagen zur 'MasSes' mitgenommen werden würde, wagte ich es.

Zunächst verzichtete ich auf einen BH. Als ich meinen schwarzen Rock anprobierte, der meine Oberschenkel im Stehen zur Hälfte bedeckte, kam für mich keine Strumpfhose in Frage.

Ich kramte so lange in den hinteren Gefilden meines Kleiderschrankes, bis ich die schwarzen Strapse gefunden hatte, die ich bisher nur anzuziehen gewagt hatte, wenn ich allein in meinen vier Wänden war, um vor dem Spiegel zu posieren.

Der Strapsgürtel war schnell angelegt, die schwarzen Wollstrümpfe klipste ich fest und drehte mich zur Kontrolle vor dem Spiegel. Wenn ich mich gewaltig anstrengte, konnte man meinen nackten Hintern sehen.

Nackten Hintern!

Wenn man Strapse anzieht muss die Hose immer am Schluss kommen, weil man sonst beim Pinkeln alles wieder ablegen muss, so aber nur die Hose runter zieht...

Aber ich konnte doch nicht ohne Höschen...

Oder doch?
Nein, das wagte ich nicht, ich zog ein schwarzes kleines etwas über die Strümpfe und die Strapsbänder. Der Mut war wieder hergestellt!
Ich hob meine Arme und begutachtete meine Brüste im Spiegel.
Ein BH kam tatsächlich heute nicht in Frage.
Aber welche Bluse sollte ich anziehen, oder einen Pullover?
Jedenfalls passte zu dem, was ich bisher anhatte, nur etwas schwarzes.
Tief ausgeschnitten, eng anliegend, wie sollte ich mich entscheiden?
Ich entschied mich für eine weite Bluse, bei der ich vorne einige Knöpfe auflassen konnte, vielleicht machte ich auch einen Knoten und ließ alle Knöpfe offen!
Die Haare machte ich nicht zusammen, sondern ließ sie offen flattern.
Nicole kam locker eine halbe Stunde früher, als verabredet.
Sie hob lachend den Saum ihres kurzen Rockes und zeigte mir ihre üppige Schambehaarung.
Sollte ich mich vielleicht auch trauen?
Nein!
Ich hatte eine unerklärliche Angst!

Wir fuhren mit Nicoles Polo direkt zu Sandra und ich hatte unterwegs Angst, die Polizei würde uns anhalten, bei dem Aufzug!

Vielleicht sollte ich mich beim nächsten Male erst bei Sandra umziehen, oder wo auch immer so eine 'MasSes' steigen würde.

Nur eines war sicher, mit dem 'Mast' kamen die bei mir nicht weit, denn essen würde ich nur sehr wenig.

Sandra öffnete uns die Tür in einem Babydoll ohne Höschen.

Überhaupt machte ich nach kurzer Zeit eine Entdeckung, die Mädchen hatten alle keine Höschen angezogen, bis auf mich.

Tatsächlich waren wir in der Überzahl, sieben Damen und vier Herren.

Ob die Männer schon die sechs fehlenden Höschen bemerkt hatten?

Wahrscheinlich nicht, denn dafür hatten sie keinen Blick, oder doch?

Ich trank nur Cola und an alkoholischen Getränken gab es nur Bier.

Irgendwann stellte sich Sandra auf einen Tisch und begann mit einer Ansprache.

„Wie ihr alle wisst, haben wir uns hier zu einer 'MasSes' versammelt! Aber bevor ich die Pornos

anschmeiße, muss ich noch einige Erklärungen loswerden! Wer grapscht fliegt raus! Grapschen könnt ihr wo ihr wollt, nur nicht auf dieser Fete! Und für die Herren, es sind reichlich Pariser da, wenn ihr die vollkriegt, brauchen wir uns die nächsten zwei Jahre nicht mehr zu treffen!"
Einiges von dem, was sie sagte, war mir echt peinlich.
„Gut, jedenfalls will ich hier keine Flecken haben!"
Sandra sprang vom Tisch.
Norbert legte eine Scheibe von Zappa auf.
Musik...
'Demmm demmm, demmmdemmmdemmmdemmmdemmm...
Demmm demmm, demmmdemmmdemmmdemmmdemmm...
Fick mich, du miserabler Hurensohn - du miserabler Hurensohn!'
Das war das erste mal, dass ich Zappa deutsch singen hörte.
Der Fernseher flackerte und ein Zusammenschnitt der erotischen Scenen aus einigen Hamiltonfilmen war zu sehen. Der Ton war ausgeschaltet, denn für Musik war ja Zappa zuständig.
Max öffnete ungeniert seine Hose und zeigte eine

prächtige Erektion.
Ich sah wo anders hin.
Aus den Augenwinkeln sah ich, wie er Seinen in die Hand nahm.
„Da hab' ich schon lange drauf gewartet!"
„Mensch Max, lass dir doch Zeit, bist du denn verrückt?"
„Nein, nur saugeil!"
Sandra kam herbei und stellte eine Rolle Cewawichsundweg auf den Tisch, neben eine Packung mit Parisern.
Was sollte das noch werden?
Nicole sah sich konzentriert den Film an und immer wieder hinüber zu Max' Latte; gedankenverloren öffnete sie ihre Bluse...
Langsam schien es mir zu dämmern, mit anderen Worten, mir fiel es wie Schuppen aus den Haaren. Mast bedeutete nichts anderes, als Masturbation!
Ich stand auf und ging zur Wohnungstür.
Aber so konnte ich mich nicht vor die Tür trauen, nein, so war ich sicher Freiwild für alle erdenklichen Typen.
Ein Taxi!
Und der Taxifahrer?
Oder ich lieh mir etwas anderes zum Anziehen von Sandra.

Ich ging zu ihr in die Küche.
„Kannst du mir etwas zum Anziehen leihen, ich wusste nicht..."
„Ist ja schon gut!"
Sandra legte einen Arm um meine Schultern.
„Aber zuhause machst du es dir doch auch selber, oder?"
Zögernd nickte ich.
„Es wird dir niemand zu nahe treten, du brauchst keine Angst zu haben. Du kannst die Augen zumachen, du kannst dich aber auch im Schlafzimmer einschließen und 'Wetten das...' sehen! Du kannst dir aber auch etwas Mut antrinken, wie wär's mit einem Campari-Orange?"
„Aber ich dachte..."
„Aber doch nur, weil ich nicht weiß, ob die Jungs nicht doch die Kontrolle verlieren und uns durchvögeln wollen, darum auch unsere Übermacht!"
Sie mixte mir einen starken Campari-Orange.
„Vielleicht macht es auch dir mehr Laune, wenn du es nicht allein im Verborgenen tust, sondern mit mehreren anderen, die es auch tun!"
Ich trank wortlos den Campari; Sandra ließ mich in der Küche allein zurück.
Ein Blick durch die Küchentür zeigte mir Dirk,

der jetzt auch seine Hose ausgezogen hatte, Donna lag nackt auf der Couch, manipulierte aber nicht an sich herum.
Ich mixte mir einen weiteren Campari.
Sandra hantierte auf dem Tisch herum. Ich konnte genau erkennen, was sich tat, sie baute eine Pfeife.
Der Campari-Orange war verdammt stark!
Erst einmal pinkeln!"

„Gut, erzähl weiter Desirée, das geilt mich ungemein auf!"

„*Im Badezimmer entledigte ich mich meines Höschens, obwohl ich alles andere vor hatte, als bei den Machenschaften der anderen Partygäste mit zu machen.*
Es was ein nicht zu beschreibendes Gefühl, als ich unten ohne, das heißt, nur durch den Mini den Blicken der anderen verborgen, das Wohnzimmer betrat.
Auch wenn ich nicht daran dachte, vor den anderen zu masturbieren, geilte mich das Gefühl meiner Nacktheit doch gewaltig auf.
Max schien nicht weiter gewichst zu haben, sondern bemühte sich, seine Erektion nicht

abflauen zu lassen.

Sandra war gerade dabei, die Pfeife zu entzünden.

Wegen des Alkohols, dessen Wirkung ich schon erheblich spürte, würde ich mir nur wenige Züge erlauben können. Sandra zog an der Pfeife und ließ sich viel Zeit.

Als sie sich zurücklehnte und die Pfeife an Dirk weitergab, rutschte ihr knappes Hemd hoch genug, um ihre feuchte Spalte den geilen Blicken aller Beteiligten preis zu geben, Norberts Schwanz wurde steif.

Ich sah woanders hin.

Dirk reichte mir die Pfeife und ich machte zwei Züge und beschloss, es damit gut sein zu lassen.

Donna war da nicht so zurückhaltend.

Sie begann nun mit geschlossenen Augen ihren Kitzler zu stimulieren.

Auch wenn ich versuchte, woanders hinzusehen, konnte ich es doch nicht verhindern, noch erregter zu werden.

Norbert zog einen Pariser über seinen Penis; er schien also wild entschlossen zu sein, sich einen runter zu holen, bis es spritzte.

So etwas hatte ich zwar schon einige Male in Natura gesehen und sah es mir auch diesmal an, aber in einer so großen Gesellschaft...

Ich hatte schon einige Männer gesehen, während sie onaniert hatten, einigen hatte ich ganz offiziell zugesehen e und andere hatte ich unbemerkt dabei beobachtet.

Auch Donna sah interessiert zu und steckte sich zwei Finger in die Muschi, *ohne sie zu bewegen.*

Klar hatte ich auch in Anwesenheit meiner Freundinnen masturbiert, aber nur in der Dunkelheit, wenn ich dachte, sie würden schlafen, auch in Anwesenheit meines jeweiligen Freundes, wenn es ihm nicht gelungen war, mich zu befriedigen, nicht aber auf einer Fete.

Erst jetzt reichte Sandra die Pfeife an Simone weiter.

Norbert sah gebannt in Sandras Richtung.

An was geilte er sich wohl auf?

Konnten es Sandras gewaltige Brüste sein, ihre rasierte Schamgegend, oder was...

Norberts Hand bewegte sich schnell, so schnell, wie ich es nicht für erforderlich gehalten hatte. Er begann tief durchzuatmen, wichste langsamer und sah plötzlich zu mir rüber.

Ich konnte nicht wegsehen, als sich dieses Depot, vorne am Pariser füllte; fünf bis sechs Eruptionen, die sich weiß unter der durchsichtigen Folie des Kondoms abzeichneten, während der Penis von

Norbert gemolken wurde, denn anders sah es nicht aus.

Er schloss die Augen, ließ aber seinen Schwanz nicht los.

Donna zog ihre Finger aus der Muschi und begann wieder ihren Kitzler zu stimulieren.

Auch Sandra begann, sich zu bewegen, langsam streichelte sie ihren ganzen Körper."

„Wenn du so weiter redest, dann kommt es mir auch gleich!"
Ließ Evangelos sich vernehmen. Desirée hatte die Augen geschlossen und seine Anwesenheit schon fast vergessen gehabt.

„*Norberts Penis war geschrumpft, er zog den Pariser ab und knotete ihn zu, um ins Badezimmer zu verschwinden - Schwanz waschen.*

Simone lag bäuchlings auf dem Teppich, hatte die Augen geschlossen und die Hände unter ihr Becken geschoben.

Ohne es gewollt zu haben, wurde meine Erregung weiter gesteigert.

Ich lehnte mich in dem Sessel zurück, presste die Oberschenkel zusammen und machte einige wiegende Bewegungen, wie ich sie unauffällig

eigentlich überall machen konnte, ohne jemandes Aufmerksamkeit zu erregen. Wie oft hatte ich mir auf diese Weise bei längeren Busfahrten kleine unauffällige Orgasmen verschafft, die niemand bemerken konnte?
Nein!
Ich hatte Dirks Blick bemerkt, der mich anstarrte, während er wichste.
Ich lockerte den Druck meiner Oberschenkel, was meine Erregung nicht vermindern konnte.
'Oh', warum eigentlich nicht?
Ich schob meine rechte Hand unter den Rock, zwischen die geschlossenen Beine und arbeitete mich nach oben vor.
Dirk interessierte sich jetzt glücklicherweise mehr für das, was er bei Donna sehen konnte, die die Beine weit gespreizt hatte und mit ihren Fingern agierte, wie eine virtuose Klavierspielerin - nur, spielte sie ihren Körper.
Meine Finger glitten zwischen die Schamlippen. Au, was war ich feucht, schon mehr nass, als feucht. Obwohl ich den Kitzler angesteuert hatte, glitten meine Finger, ohne jeden Widerstand in meine Scheide. Ich winkelte die Beine an, zog meine Hand zurück und schob mir die Finger von hinten in die Spalte. Mit der Linken tastete ich

mich nun von vorne an den Kitzler 'ran.
Ich musste es tun, ich konnte gar nicht anders, ich musste mich einfach stimulieren. Mein rechter Mittelfinger erreichte eine Stelle in mir, die mich ganz verrückt machte.
Linda hatte sich inzwischen auf den Tisch gelegt und hantierte mit einem batteriebetriebenen Vibrator zwischen ihren Beinen herum. Schon nach wenigen Sekunden begann sie verhalten zu stöhnen."

Zufrieden hörte Desirée nun eine verstärktes Atmen. Evangelos schien sich seinem Höhepunkt zu nähern.

„Mittlerweile brauchte ich gar nicht mehr viel zu tun, ich steuerte einem langen intensiven Orgasmus entgegen und würde mich nicht mehr davon abhalten lassen.
Norbert kam herein, sah mich an und bekam eine Erektion.
Tatsächlich stellte er sich vor mich hin und begann sich einen runter zu holen.
Ich zog meinen Rock hoch und gab ihm den Blick

in meine Spalte frei, die ich auseinander zog, während mein rechter Mittelfinger einen gleichmäßigen Druck ausübte.
Mein Höhepunkt kam näher und näher.
Ich musste schreien!"

Ein perfekteres Timing hätte es nicht geben können, Desirée hörte Evangelos stöhnen.
„Ja Evangelos! Du sollst spritzen!"
Nach wenigen Sekunden war es ruhig geworden in der kleinen Rettungskapsel.
„Desirée!?"
„Ja?"
„Es war schön, ich glaube, ich habe selten so intensiv gewichst!"
„Gut, das freut mich sehr!"
„Und was ist mir dir?"
„Ich muss zugeben, dass mich meine eigenen Worte und dein Stöhnen ganz schön angemacht haben!"
„Vielleicht sollte ich dir auch eine Wichsgeschichte erzählen, denn ich habe natürlich auch eine entsprechende Vergangenheit, denn es war gerade nicht das erste Mal, dass ich in Anwesenheit einer Frau onaniert habe!"

„Ja Evangelos! Erzähl mir eine Geschichte, die mich total aufgeilt! Ich werde masturbieren, als würde es das letzte Mal sein! Erzähl mir eine geile Sache!"

„Ja, die Geschichte ist geil, und sie hat eine Menge mit der Wichserei zu tun."

Desirées Hände strichen durch ihr Haardreieck, als Evangelos zu erzählen begann.

„Ich lag am Swimmingpool und döste einfach so vor mich hin.
Die Sonne strahlte noch nicht so stark, wie sie es in wenigen Wochen tun würde, reichte aber aus, mich mit meinen Gedanken ein wenig zu erwärmen.
Die Augen hatte ich geschlossen und gewahrte hinter den geschlossenen Lidern eine schattenhafte Bewegung. Blinzelnd erkannte ich die Silhouette einer Frau im Gegenlicht.
Sie war jung und gut gebaut.
Und...
Täuschte ich mich, oder hatte sie tatsächlich nichts an?
Ich täuschte mich nicht!
Hatte sie mich nicht gesehen?
Ich rührte mich nicht!
Sie drehte mir den Rücken zu, ich bewunderte die

gleichmäßige Rundung ihres Hinterns.

Sie machte einen Schritt nach vorn, beugte ein Bein und prüfte mit dem Fuß des anderen Beines die Wassertemperatur. Die Temperatur schien ihr zuzusagen, denn sie drehte sich um und ließ sich langsam ins Wasser gleiten.

Hatte sie mich nicht gesehen?

Sie drehte einige Runden betont langsam, ohne sich verausgaben zu wollen und schwang sich nach wenigen Minuten wieder an der Stelle des Beckenrandes aus dem Wasser, in dessen Nähe ich lag, und wo sie zuvor gestanden hatte.

Ich bewegte mich nicht.

Sie legte ihren nassen Körper an den Beckenrand und drehte sich auf den Rücken.

Die Augen hatte sie geschlossen.

Wassertropfen perlten von den hervor ragenden Formen ihres Körpers ab.

Ihre Brustwarzen wölbten sich überdeutlich über den grandios geformten Brüsten.

Glänzende Reflexe auf nackter Haut.

Sie hatte die Augen immer noch geschlossen und glitt nun mit beiden Händen von oben bis unten über ihren Körper, um das Wasser etwas abzustreifen, oder...

Aber so weit wagte ich nicht zu denken, ja wagte

kaum zu atmen, um sie nicht auf mich aufmerksam zu machen, um nicht dieses atemberaubende Schauspiel zu unterbrechen, um sie nicht zu stören.

Als sich ihre Oberarme vom Oberkörper trennten, rückten ihre Brüste einige Zentimeter nach außen. Nun fuhren ihre Hände nach oben und ich konnte mir nichts schöneres vorstellen, als das ihre Hände meine Hände wären. Mit kreisenden Bewegungen fuhr sie ihre Brüste ab und begann nach wenigen Sekunden, die Brustwarzen zu kneten, die sich wölbten, als wenn sie die dünne rote Haut sprengen wollten, die sie bedeckte."

So sehr Evangelos auch lauschte, von Desirée konnte er keinen Laut hören. Sollte er sie fragen, ob sie eingeschlafen war, ob die Geschichte sie langweilte, oder gehörte sie zu den Frauen, die so leise *wichsten...*

„Hingebungsvoll wälzte sie sich hin und her und ich hatte wieder Angst, sie würde die Augen öffnen und alles sei vorbei.

Die rechte Hand begann nun eine Wanderschaft, während die linke weiterhin, nun abwechselnd, die Brustwarzen einer zeitweise sanften, dann aber wieder beherzten Massage unterzog.

Ihre rechte Hand hatte mittlerweile den Bauchnabel passiert, ohne ihn einer eingehenden Berührung für nötig befunden zu haben.

Bewusst musste ich meinen Atem unter Kontrolle halten, als sich ihre Hand langsam, viel zu langsam, dem behaarten Venushügel näherte.

Ich brauchte nicht einmal die Position zu wechseln, als sie die Beine spreizte, um ihrer Hand und meinen Blicken Zugang zu ihrem Allerheiligsten zu gestatten.

Wie sollte ich das ertragen?

Die rechte Hand, deren Eigenleben ich bewunderte, schien ihr Ziel nicht finden zu wollen, denn sie glitt zunächst einmal an der Innenseite ihres rechten Oberschenkels herab, wechselte dann zum linken und fuhr bedächtig wieder nach oben.

Nein, wie sollte ich das ertragen?

Nein, nicht das!

Sie nahm die Hand weg und richtete sich auf.

Ich wagte nicht zu atmen!

Wollte sie gehen?

Nein zum Glück nicht.

Sie lehnte sich mit dem Rücken an eine massive Liege und spreizte ihre Beine wieder.

Ich wollte es kaum für möglich halten, aber meine

Sicht war noch besser geworden!
Wie konnte ich ihre weiteren Manipulationen ertragen?
Nun fuhr ihre linke Hand hinab.
'Los, greif in die Spalte!'
Wollte ich ihr zurufen, tat es aber glücklicherweise nicht.
Die rechte Hand bearbeitete, wie zuvor die linke, beide Brüste, was mich schon verrückt machte."

Hatte Desirée endlich in ihre Spalte gegriffen?

„*Mit der linken Hand berührte sie nun erstmals die oberen Ansätze ihrer Venushaare.*
Ja!
Nein, wieder glitt die Hand nur an den Oberschenkeln rauf und runter, was mich nun allerdings ungemein stärker beeindruckte, als zuvor, hatte ich doch einen besseren Ausblick.
Nun spreizte sie die Finger, wie seinerzeit Mister Spock, und berührte nur die äußeren Schamlippen leicht.
'Ja, mach weiter so!'
Ihr Atem begann sich zu vertiefen.
Die zweite Hand kam zur Hilfe und sie zog mit beiden Händen von beiden Seiten, die großen

Schamlippen auseinander, um die kleinen frei zu legen.
'Oh!'
Erst jetzt bemerkte ich die rote Farbe mit der der Nagel ihres linken Mittelfingers lackiert war. Dieser Mittelfinger übernahm nun eine zentrale Rolle. Er umkreiste die kleinen Schamlippen und den Kitzler und wurde dabei mal langsam und mal schnell.
Wie sollte ich das nur aushalten?
Wie konnte sie das nur aushalten?
Die kreisenden Bewegungen wurden immer kleiner.
'Ja, mach's dir!'
Sie nahm nun auch den Ringfinger und den Zeigefinger zu Hilfe, fuhr auf und nieder, links und rechts, wobei sie die Finger mal spreizte, mal zusammennahm, mal den Kitzler berührte und dann mit dem rot lackierten Finger in sich eindrang, mit der anderen Hand den Kitzler stimulierte.
Sie wälzte sich umher und hörte nicht auf, nein steigerte die Geschwindigkeit ihrer Bewegungen noch und stöhnte leise.
Nein, es war zum verrückt werden diese Kitzlerwichserin konnte ich nur ansehen, hatte

nicht das Bedürfnis sie zu berühren, sah ihr zu, wie sie unaufhaltsam ihrem Höhepunkt entgegen wichste.

Mein Verstand setzte aus.

Mein Docht, ja ich hatte einen, hatte mittlerweile eine Größe erreicht, von der ich gedacht hätte, sie nie erreichen zu können.

Ich nahm ihn in die Hand.

Ich konnte nicht anders, ich musste mir einen runter holen.

Schon bei der ersten Auf- und Abbewegung, war ich sicher, so weit zu spritzen, wie nie zuvor, die Frau würde ich treffen, die ich erstmals an diesem Tag sah, die ich aber sah, wie ich nie zuvor eine Frau gesehen hatte.

Sie hatte ihren ersten Orgasmus; meine Hand wurde schneller...

Sie machte weiter, nichts würde sie davon abhalten können, einen Orgasmus nach dem anderen zu haben; ich würde wichsen, bis nur noch Luft kam...

„Stopp, Evangelos hör' auf!"

Der Schreck fuhr mir bis ins fünfte Glied.

Wie konnte diese unwahrscheinliche Latte so schnell an Form verlieren?

Die Frau die wichste, wichste weiter, als wenn sie

Sabrinas Stimme gar nicht gehört hätte.
Sabrina kam nun aus einem Busch zu mir.
Wie lange war sie schon hinter dem Busch verborgen gewesen?
Sicher lange genug!
Sie lachte mein verdutztes Gesicht an.
„Los Alter, leg' dich auf den Rücken, du hast heute Geburtstag!"
Ich wagte es nicht, ihr zu widersprechen, ja sagte nicht ein einziges Wort.
Die Kitzlerwichserin war mittlerweile Schweiß gebadet und hatte die Bewegungen ihrer Hände verlangsamt.
Ich richtete mich auf und Sabrina schob mir ein Kissen unter den Rücken.
„Das wolltest du doch immer schon 'mal erleben!"
War das die Erklärung?
Sabrina hob den hinteren Saum ihres Kleides an und zeigte mir ihren Hintern, wobei sie leicht die Beine spreizte.
„Bleib liegen, beweg' dich nicht!"
Die Stimme hatte ich noch nie gehört, aber die Wichserin war mir mittlerweile so vertraut geworden.
„Wär doch schade, wenn du dir einfach so einen runter holen würdest!"

Ich sah ihr erstmals in die Augen.

Beim Anblick von Sabrinas sich wiegendem Hintern, richtete sich mein vom Schreck gebeutelter Schwanz langsam wieder auf.

Sabrina zog nun langsam das Kleid aus und trug darunter eine dünne Bluse.

Sie wusste, das ich es ungemein liebte, wenn Frauen unten ohne waren; ich konnte nicht anders, sondern griff zu meinem Schwanz.

„Nein, den darfst du nicht berühren, uns darfst du auch nicht berühren!"

Die Frau sah mich an, als würde von der Einhaltung dieser Anordnung sehr viel abhängen.

Sabrina drehte sich um, stand breitbeinig vor mir und begann, mir ihr wiegendes Becken entgegenzustrecken.

„Keine körperliche Berührung Evangelos! Wenn du spritzt, dann nur aufgrund einer visuellen Stimulation!"

„Aber..."

„Du hast Geburtstag, aber das Geschenk habe ich ausgesucht!"

Sie kam einen Schritt näher und stellte ich über mich.

Seit ich sie kannte, hatte sie immer steif und fest behauptet, es sich noch nie selber gemacht zu haben.

Nun glitten ihre Fingerspitzen zwischen ihre Beine und sie begann in aller Ruhe voller Genuss, im Stehen, vor meinen geilen Augen, sich einen fertig zu machen, sah mich dabei an, genoss meine Verblüffung und meine Geilheit, ja geilte sich an meiner Hilflosigkeit auf und schien ihren Auftritt zu genießen.

Die erste Frau schien sich von ihrer Wichserei erholt zu haben und begann nun von hinten Sabrinas Oberschenkel mit ihren Händen zu bearbeiten.

Wie konnte eine Frau im Stehen wichsen?

Aber ich konnte es ja auch!

Die fremde Frau kniete zwischen Sabrinas Beinen und schob ihr nun den rot lackierten Mittelfinger in die Spalte, was Sabrina mit einem Seufzen quittierte."

Hatte Evangelos da gerade ein leises Geräusch von der offensichtlich masturbierenden Desirée gehört?

„*Die erste Frau legte ihren Kopf in den Nacken und setzte sich nun unter Sabrinas gespreizte Beine, stützte sich auf die Hände und tat mit der*

Zunge, was Sabrina zuvor mit den Händen getan hatte.
Ihren Unterkörper streckte sie mir entgegen, bis sie ihre Vulva in mein Gesicht presste.
Ich leckte!
Oh, dieser langersehnte Geschmack.
Sabrina schob meine Hand zur Seite, mit er ich...
Sabrina drehte sich um und beugte ihre Beine um die Frau besser lecken zu lassen.
Ihr Hintern machte mich verrückt, außerdem sah ich noch die Haare der Vulva der Frau, die ich leckte, deren wiegende Brüste und sie, Sabrina leckend.
„Oh nein!"
„Was ist, geht dir eine ab?"
„Nein! Eben nicht!"
Die Frau, die Sabrina leckte, hörte auf und entfernte ihre Vulva aus meinem Gesicht...
Nein, jetzt lag sie mit ihrem Hintern auf meiner Brust und begann wieder zu wichsen.
Meine Hände..."

Evangelos hörte nun deutlich ein verhaltenes Stöhnen der wichsenden Desirée.

„Nein, lass die Finger da weg!"

„*Sabrina! Ich bitte um Gnade!*"
„*Wirklich?*"
Die Frau, die wenige Zentimeter von meinen Augen entfernt ihren Kitzler wichste, rückte etwas zur Seite, machte aber weiter.
„*Du sollst dich nicht bewegen, an deinem Geburtstag!*"
Sabrina setzte sich neben mich und begann nun auch wieder, ihre Spalte zu bearbeiten, nahm aber mit der rechten Hand meinen Schwanz und bewegte sie unglaublich langsam auf und nieder.
„*Oh!*"
Sie hielt inne.
Die andere Frau griff mir nun an den Sack und hielt ihn fest; sie hielt die Kugeln im festen aber nicht schmerzhaften Griff und zog vorsichtig nach unten, was meine Erektion noch weiter verstärkte.
Während beide Frauen wichsten, griff Sabrina härter zu und bewegte ihre Hand langsam auf und nieder, ich hätte schreien können.
Der Griff um meine Eier und der visuelle Eindruck zweier wichsender Frauen gab mir den Rest."

Da Desirée nun so vernehmlich stöhnte, war Evangelos sicher, das sie einem Orgasmus sehr nahe war.

„Ohne Vorwarnung, wusste ich, es würde kein Zurück mehr geben, ich würde spritzen, den ganzen Pool füllen, die wichsenden Frauen treffen.
Sabrina merkte, das es kein Zurück mehr gab, richtete sich auf, nahm meinen Sack der anderen Frau aus der Hand und holte mir, nachdem das Spritzen durch nichts und niemanden mehr zu verhindern war, einen runter, bis mir schwarz vor Augen wurde, als es explosionsartig aus mir hervorsprudelte, über sie hinweg sprudelte.
Mein letzter visueller Eindruck war ein rotlackierter Fingernagel, der sich gefühlvoll in eine Spalte senkte."

Desirées Stöhnen wurde wieder leise. Ihr Orgasmus klang langsam aus.
„Hast du deine Fingernägel rot lackiert?"
„Erzähl mir noch so was!"
Ihre Stimme klang sehr gepresst.
Gut, wenn sie noch einen Orgasmus brauchte und er noch eine Geschichte erzählen sollte, dann wollte er ihr den Gefallen tun, denn immerhin hatte sie ihm eine sehr schöne Wichsgeschichte erzählt.
„Dann werde ich dir die Geschichte erzählen, die ich auf einer MasSes erlebt habe, das heißt, eigentlich war es keine normale MasSes, aber das sollte ich erst später feststellen!

Norma hatte mir Tags zuvor eine Einladung überreicht, auf der nur sieben Worte zu finden waren.
'Morgen um zwanzig Uhr MasSes bei Ulrike!'
Ich hatte meinen Obolus von fünfzig Talern gleich entrichtet und zugesagt Norma in ihrem Apartment ab zu holen.
Gesagt, getan!
Norma öffnete die Tür und kündigte an, in wenigen Minuten bereit zu sein.
Ich setzte mich in ihren alten Ohrensessel und sah ihr zu.
Sie schien soeben aus der Dusche gekommen zu sein und hatte ihre Haare schon getrocknet.
Ich konnte sie im Flur stehen sehen, unentschlossen vor dem Kleiderschrank und ihre Kleider durchsehend.
„Wenn eine MasSes genau das ist, was du angekündigt hast, nämlich Gruppensex mittels Manipulationen an und für sich, dann brauchst du eigentlich gar nichts anzuziehen!"
Sie grinste.
„Vielleicht suche ich ja etwas, von dem ich ganz genau weiß, wie sehr es dich aufgeilt!"

Das war allerdings ein Argument.
Mit einem Fußtritt verschloss sie die Tür und versperrte mir die Sicht. Ich konnte also nur ahnen, was sie gegen den Bademantel eintauschen würde.
Nach einer Viertelstunde kam sie herein und stellte sich in einem Mantel vor, der alles verhüllte, was ich so begehrte.
Auf der Fahrt hörten wir die Sisters of Mercy und sprachen kaum miteinander.
Die Zeit der Sprache schien der Zeit der Erotik gewichen zu sein.
Ulrike hatte eine große Wohnung, um die man sie beneiden konnte.
Das Wohnzimmer hatte sicherlich mehr als sechzig Quadratmeter.
Als ich mir vorstellte, in was für einer Wohnlage sich diese Wohnung befand und was die Mieten heutzutage kosteten, kam ich schnell zu der Frage nach ihrem Beruf, wenn da keine reiche Familie im Spiel war.
„Vielleicht kommt ihr erst mal rein!"
Ulrike hatte schulterlange blonde Haare und sicher eine gute Figur, was man unter ihrem langen Kleid nur erahnen konnte.
Sie führte uns in das besagte Wohnzimmer und

stellte uns die anderen Protagonisten vor.
Vier Frauen und mit mir drei Männer; die von dir erwähnte Übermacht des sogenannten schwachen Geschlechts.
Die Frauen waren alle in einem gewissen Maße attraktiv, aber keine hätte mir auch nur annähernd so gut gefallen können, wie Norma!
Bei dieser Äußerung gehe ich nur von den Äußerlichkeiten aus, wenn man sich den sogenannten inneren Werten zuwenden würde, könnte sowieso niemand mit Norma konkurrieren.
Norma!
Die beiden anderen Männer schienen im Moment weniger Interesse an den Frauen zu haben, als an irgendeinem Tennisspiel, das gerade übertragen wurde.
Ulrike machte eine eindeutige Bewegung, wobei ihre offene Handfläche vor ihrer Stirn vorbei bewegt wurde.
Eine Dunkelhaarige kam auf uns zu und gab Norma einen Kuss.
„Hallo Heidrun!"
Sie nickte mir zu.
„Das ist Evangelos!"
Sie sah mich an als wolle sie...
„Interessierst du dich für Tennis?"

„*Tennis? Nicht im Geringsten!*"
„*Willkommen an Bord!*"
Sie drehte sich um und ging in die Küche.
Ich mixte mir und Norma einen Drink, während Norma mit Heidrun und Ulrike in der Küche verschwunden war.
Die verbliebene Frau sah sich um und ging ebenfalls in die Küche.
Die Typen saßen vor dem Fernseher...
„*Hallo, ich bin Evangelos!*"
„*Sei ruhig und stör' uns nicht!*"
Tennis!
Ich ging zum Balkon und sah der untergehenden Sonne nach.
Vier Frauen kamen mit einigem Getöse aus der Küche und packten sich zwei Tennisfanatiker, um sie vor die Tür zu befördern.
Die Tennisfans protestierten, weil sie wenigstens diesen Satz noch zuende sehen wollten...
Norma kam zu mir.
„*Hast du Bedenken? Immerhin hast du es mit vier Frauen zu tun!*"
„*Soweit ich weiß, ist das hier eine MasSes! Ich werde also nicht vier Frauen bumsen müssen, stimmt's!*"
Norma nickte nur und nahm mir den Drink aus

der Hand!

„Außerdem weißt du selber, ich habe schon seit über vierzehn Tagen nicht mehr gebumst!"

Ihre Augen verengten sich.

„Ich werde dafür sorgen müssen, dass du wichst, bis nur noch Luft kommt, sonst bumst du hinterher noch eine meiner Freundinnen!"

Die drei Frauen kamen zurück.

Heidrun zog den Stecker des Fernsehers aus der Dose.

Ulrike kam näher.

„Eines ist jetzt klar, die Typen werden an keiner MasSes mehr teilnehmen!"

Die Frau, deren Namen ich noch nicht kannte, wandte sich an Heidrun.

„Warum sind Mark, Hubert und Samuel nicht da?"

„Weißt du, Stella, die waren ehrlich! Sie wollten dass wir die Session verschieben, wegen des Tennisspiels!"

Ulrike zuckte mit den Achseln.

„Kommt, wir machen es uns gemütlich!"

Heidrun ging zur Stereoanlage und suchte eine CD aus, während wir uns zur Sitzgruppe begaben, die locker um einen Kamin verteilt war.

Ulrike machte sich an einigen verborgenen

Knöpfen zu schaffen und tatsächlich loderten Flammen auf.
Stella bemühte sich um einen Videorecorder und steckte den Stecker des Fernsehers wieder in die Dose.
Ich bemühte mich, zu entdecken, ob die Damen etwas unter ihren kurzen Röcken anhatten, konnte aber noch keine Klarheit erlangen.
Normas Mantel hatte eine vorne geschnürte schwarze Lederjacke und einen schwarzen Lederrock verdeckt, der fast bis zu den Knien reichte.
Unter der Lederjacke schien sie nichts zu tragen, denn sie klaffte in der Mitte weit genug auseinander, um mir zu ermöglichen, von oben bis unten ihre Haut zu bewundern. Ihre prächtigen Brüste bildeten diese Spalte, in die ich einige Wochen zuvor gebumst hatte.
Unter dem schwarzen Lederrock konnte ich ebenfalls schwarze Stiefel erkennen, die weit genug nach oben reichten, um unter dem schon als gewagt kurz zu bezeichnenden Rock zu verschwinden.
Stella steckte in einem roten Bademantel, den man vielleicht auch als Hausmantel bezeichnen konnte und der gerade die Hälfte ihrer

Oberschenkel bedeckte und nur von einem blauen Gürtel zusammengehalten wurde. Ich gierte danach, die unter dem Mantel verborgene Nacktheit auf mich wirken zu spüren, denn ich war sicher, unter dem Mantel war sie so nackt, wie sie das Licht dieser Welt erblickt hatte.

Heidrun war in einen braunen Mantel gehüllt, der den Anschein einer Kutte vermittelte, nur die Kapuze fehlte. An den Seiten wies der Mantel Schlitze auf, die bis zu den Hüften reichten und somit ebenfalls offenbarten, was ich so sehr begehrte, Nacktheit, denn auch sie musste unbekleidet sein, unter dieser Kutte, dafür hatte ich ein sicheres Gespür.

Ulrikes Mantel war nun der Kleidung gewichen, die man auf einer solchen Veranstaltung zu erwarten hatte.

Sie trug eine offene Bluse, unter der ich einen blauen Spitzen BH erkennen konnte und die kurz genug war, um unterhalb des Bauchnabels einen Streifen Haut zu zeigen, unter dem sich ein blauer Strapsgürtel anschloss, um wiederum einen Hautstreifen zu zeigen, unter dem ein blauer, erfreulich knapper, Slip zu sehen war, unter dem die typischen unregelmäßig geometrischen Hautpartien zu sehen waren, wie sie

Strapsbändern eigen sind.

Würde ich behaupten, der Anblick der Damen hätte mich völlig unberührt gelassen, hätte man mich aufgrund meiner Erektion des Lügens bezichtigen können.

Norma grinste mich unverhohlen an.

„Lass ihn raus!"

Die drei anderen lachten.

„Tut es nicht weh, wenn er versucht, die Hose zu durchstoßen!"

Ulrike sah ebenfalls auf die Stelle meiner Hose, die ein Stuhlbein zu verbergen schien.

Wortlos stand ich auf um...

„Stopp!"

Ich sah Heidrun erstaunt an.

„Zieh dich auf dem Tisch aus, wir wollen auch etwas davon haben!"

„Richtig!"

Stella war näher bekommen.

„Du musst uns alles das bieten, was wir durch die Tennisfans versäumen!"

Das konnte ja heiter werden!

Musik klang auf.

„O, Invisible Spirit!"

Die Musik kannte ich zunächst nicht, konnte aber einige morbide Töne erkennen.

Die vier machten einladende Gesten in Richtung Tisch.

Dieser Tisch war glücklicherweise ein ziemlich stabiles Exemplar, um mein nicht unerhebliches Gewicht verkraften zu können.

Nun gut!

Ich war an diesem Ort.

Und ich war da, weil ich geil war.

Über einen Stuhl ging ich auf den Tisch.

Ich war an diesem Ort, weil ich geil drauf war, Frauen beim Wichsen zuzusehen, weil ich ein kleiner Voyeur war, wie jeder andere auch.

Und ich war an diesem Ort, weil vier Frauen hier waren, die ebenso voyeuristisch veranlagt waren, wie ich...

Es war warm im Zimmer.

Ich sah mich in der Runde um...

Geile Frauen!

Frauen, die geil drauf waren, aufgegeilt zu werden, die geil drauf waren, es sich zu machen und die geil drauf waren, zu sehen, wie es sich andere machten, wie ich es mir machte.

Frauen, die mich nicht anrühren würden, außer visuell und akustisch; Frauen, deren Anblick mich aufgeilte.

Frauen, die mir das Blut in den Kopf und die

Genitalien trieben, die mich durch Blicke dazu veranlassten, mich in aller Ruhe vor ihren Augen auszuziehen und dieses Ausziehen Stück für Stück zu genießen.
Es geilte mich auf, mich auszuziehen.
Die Frauen geilten mich auf.
Aber richtig aufgegeilt wurde ich erst durch die Musik und Normas Blicke!
Applaus klang auf.
Es war mir gar nicht richtig bewusst gewesen, auch die letzte Hose runter gelassen zu haben...
Erlösend war das Gefühl, meinen Schwanz endlich ungehindert in den Raum ragen lassen zu können, wie einen Pfeil, der auf vier geile Frauen zeigen wollte.
„Komm runter, vom Tisch und von deiner Geilheit, es wäre schade, wenn du dir jetzt schon einen runter holen würdest!"
„Stimmt, denn immerhin ist es ein Kompliment für uns, wenn er so gut steht!"
Ich verließ den Tisch.
„Er steht so gut, weil ihr so geil angezogen seid!"
Ulrike warf mir eine Pariserpackung zu.
Heidrun lachte.
„Es ist geil, wenn du in die Pariser wichst!"
„Ich hoffe es stört dich nicht, wenn wir dir gleich

alle beim Wichsen zusehen!"

„Das hoffe ich auch, Stella!"

„Ich glaube nicht, denn immer wenn ich dir zusehe, geilt es dich dermaßen auf, dass du mich gar nicht mehr bemerkst!"

„Das kann gar nicht stimmen, Norma, denn immer wenn du mir zusiehst, dann bin ich geiler, als wenn ich es alleine mache!"

Ich ließ mich in einen Sessel sinken.

Stella drehte den Fernseher, der auf Rollen installiert war.

Norma und Heidrun setzten sich auf die Couch, die mir gegenüber stand. Ulrike und Stella setzten sich in die beiden Sessel, die noch frei waren.

Auf dem Fernsehschirm begann ein ganz spezieller Porno zu flimmern.

Einen solchen Porno hatte ich noch nie gesehen. Ulrike lachte.

„Hast du noch nie einen Wichsporno gesehen?"

Heidrun wandte sich mir zu.

„Eigentlich ist so etwas der optimale Porno, denn was tut man, wenn man sich einen Porno ansieht? Klar, man wichst..."

„Während dessen oder danach!"

Fiel ihr Stella ins Wort.

Jedenfalls legten die Protagonisten des Pornos

keinesfalls Hand aneinander legten, sondern nur an sich selber.

Ich musste lachen.

„Der Kragenbär der holt sich munter einen nach dem andern runter!"

Damit hatte ich Heidrun dermaßen zum Lachen gebracht, bis sie sich an ihrem Drink verschluckte.

Die Frauen waren allesamt noch vollständig angezogen, wogegen ich schon völlig nackt mit einer Latte vor ihnen saß.

„Findet ihr es eigentlich fair, noch alle Klamotten anzuhaben? Euch macht es vielleicht nicht so sehr fertig, wenn ihr nackte Frauen seht, aber ich könnte wahnsinnig werden, wenn ich..."

Stella steckte, wie erwähnt, in einem roten Bademantel, den man vielleicht auch als Hausmantel bezeichnen konnte und der gerade die Hälfte ihrer Oberschenkel bedeckte und nur von einem blauen Gürtel zusammengehalten wurde.

Sie stand freundlicherweise auf, löste den Gürtel und warf ihn von sich.

Der Mantel klaffte auseinander, ließ aber immer noch nicht alles sehen, brachte mich aber gerade aufgrund dessen, was ich nicht zu erkennen vermochte, zur Raserei.

Mit einem Schmunzeln ließ sie sich wieder in

ihren Sessel sinken.

Heidrun sah sich meine Erektion an.

"Vielleicht solltest du dir für jede Entkleidung unsererseits einen runter holen!"

"Ach, lass das, dann könnte er ja wichsen, bis nur noch Luft kommt!"

"Danke Norma!"

Ich nickte ihr zu.

Ulrike stellte sich hin.

Sie trug eine offene Bluse, unter der ich einen blauen Spitzen-BH erkennen konnte und die kurz genug war, um unterhalb des Bauchnabels einen Streifen Haut zu zeigen, unter dem sich ein blauer Strapsgürtel anschloss, um wiederum einen Hautstreifen zu zeigen, unter dem ein blauer, erfreulich knapper, Slip zu sehen war, und, diesen Umstand muss ich einfach erwähnen, denn ich konnte erkennen, der Slip war nicht herunter zu ziehen, ohne die Strapsbänder zu lösen. Aber es ging ja noch weiter, unter dem Slip die typischen unregelmäßig geometrischen Hautausschnitte, wie sie Strapsbändern eigen sind, die bei jeder Bewegung andere Formen bilden.

Mit einem provozierenden Blick löste sie die Strapse, um den Slip herunter zu lassen und um dann mit einem prächtigen Haardreieck vor mir zu stehen.

Gedankenverloren nahm ich meinen Schwanz in die Hand und zog die Vorhaut zurück.

Heidrun sah die ganze Zeit nur auf meinen Schwanz, als wenn sie ihn beschwören wolle.

Sie war in einen brauen Mantel gehüllt, der den Anschein einer Kutte vermittelte, nur die Kapuze fehlte. An den Seiten wies der Mantel Schlitze auf, die bis zu den Hüften reichten und somit letztendlich offenbarten, was ich immer gehofft hatte. Auch sie war ebenfalls unbekleidet, unter dieser Kutte.

Sie wandte ihre Augen von meinem Schwanz ab und ging in einen anderen Raum.

Ich hoffte, sie würde sich umziehen.

„Nein, Evangelos! Lass deinen Schwanz los!"

Norma stand auf, während sie das sagte.

„Du erinnerst dich doch sicher an dein Lieblingsposter!"

Indem sie das sagte, drehte sie sich um und machte sich an ihrem Lederrock zu schaffen.

Mit gespreizten Beinen stand sie vor mir.

Ich konnte nur ihre Rückseite sehen.

Erst als sie den Rock zur Seite warf, wusste ich, welches Poster sie meinte.

„Da fehlt nur noch dieser Löwe, Norma!"

„*Du wirst sicherlich verstehen, warum ich auf das Tier verzichtet habe!*"

„*Sicher!*"

Norma stand vor mir und blickte nach links.

Ihre Haare lagen auf der Lederjacke und ihre Hände stemmte sie in die Hüften - hätte sie einen Löwen neben sich gehabt, hätte sie eine Hand auf seinem Kopf liegen.

Ihre Lederjacke endete kurz über der Michaelisraute.

Ihre Stiefel reichten vom Boden bis zur Mitte ihrer Oberschenkel.

Und dazwischen...

„*Stop, Evangelos, lass deine Finger da weg!*"

„*Danke Heidrun!*"

Heidrun war zurückgekommen, ich hatte sie nur an ihrer Stimme erkannt und keinen Blick für sie übrig, noch nicht.

Mit langsamen Bewegungen drehte Norma sich um.

Ich konnte es kaum erwarten.

'Schneller!'

Als sie endlich unten ohne vor mir stand, vermochte ich meine Augen nicht mehr von diesem Dreieck zu wenden, diesem Dreieck Normas. War es nicht noch vor wenigen Tagen wesentlich

hellhaariger gewesen?
„Norma! Du...!"
„Ja, Evangelos, ich habe..."
„Sag schon, Norma, was hast du?"
„Siehst du doch, Stella, sie hat ihr Dreieck dunkler gefärbt!"
Norma sah mir tief in die Augen.
„Meinst du, ich wüsste nicht, was dich visuell anmacht!"
Sie kam einen Schritt näher.
„Immerhin wusste ich ja schließlich nach einiger Zeit ganz genau, wann ich blättern musste!"
„Stimmt!"
Norma setzte sich wieder auf die Couch, neben Heidrun, die ich noch nicht angesehen hatte, seit sie wieder zurückgekommen war.
'Oh Mann!'
Sie trug eine Jeans und eine Bluse. Die Bluse war unter den Brüsten verknotet und zeigte mehr als sie verbarg und die Jeans...
Ich war total geplättet.
Die Jeans war gar keine Jeans mehr, nein...
Vorne hatte sie ganz genau ein Dreieck ausgeschnitten und den Schnitt bis hinten durchgezogen.
Als sie später aufstand, konnte ich erkennen, was

für eine raffinierte Konstruktion ich da zu bewundern hatte. Die Jeans war völlig intakt, Heidrun hatte nur genau die Stellen heraus geschnitten, die sie brauchte, um ihren Händen, den Händen anderer oder auch männlichen Penissen freien Lauf zu lassen.
Mit dieser Hose konnte sie alles tun bis zum Arschfick, ohne sie auszuziehen oder auch nur zu öffnen.
Diese Hose geilte mich auf.
Heidrun geilte mich auf.
Norma geilte mich auf.
Ulrike geilte mich auf.
Stella geilte mich auf."

Evangelos hörte den vertieften Atem Desirées.

„*Stella hatte ihren Mantel geöffnet und zeigte sich nun in ihrer ganzen Pracht.*
Heidrun begann sich einen fertig zu machen.
Der Porno fand bei keinem von uns Beachtung; viel zu viel gab es so zu sehen.
Ich konnte es nicht mehr aushalten und griff nach einem Pariser.
„Ja, wichs dir einen ab!"
Norma stand auf und kam zu mir.

„Kommt Mädels, es reicht, wenn er Heidrun zusieht!"

Ich streifte mir den Pariser über.

Ulrike, Stella und Norma knieten um meinen Sessel auf dem Boden und sahen genau zu.

Ihre Hände glitten zwischen ihre Beine, als ich begann, ihn auf und nieder zu bewegen.

Meine Augen hatten sich an Heidruns Fingern fest gesogen, die auf meinen Schwanz starrte.

Sie hatte die ganze Zeit relativ lustlos ihre Finger in ihrer Spalte bewegt und spreizte nun die Beine.

Um mir einen noch besseren Einblick zu verschaffen, zog sie die äußeren Schamlippen auseinander und legte die inneren frei.

Mit geschickten Fingern umkreiste sie ihren Kitzler, der immer größer wurde, ja richtig anschwoll. Ich vermied jede Art von Vergleich mit den Genitalien anderer Frauen, die ich gesehen hatte, weil mich weibliche Genitalien immer faszinierten, weil ich verrückt zu werden drohte, wenn ich Dreiecke und Mösen sah.

Ihr Mittelfinger umkreiste den Kitzler, während die Finger der anderen Hand ihre Genitalien spreizten.

Ulrike kam von der Seite und reichte ihr einen Vibrator.

Heidrun betätigte den Schalter und steckte ihn sich rein.
Ich wichste!
Ja, ich sah zu und wichste!
Ich wichste und vier Frauen sahen mir zu!
Ich wichste und starrte Heidrun in die Fotze, die sie wichste.
Ich wichste und wusste, dass Norma, Stella und Ulrike mein Gewichse anstarrten und wichsten.
Wir wichsten und ich wusste...
Ich wusste, wie unfair es war, so unfair, wie es sein konnte.
Ich konnte nicht so oft wichsen, nein...
Ich würde nach drei, viermal nicht mehr können, mich vor Schmerzen krümmen und sie würden wichsen, sie würden weiter wichsen, wichsen bis sie vor Erschöpfung umfielen.
Umfielen, wie meine Latte umfallen würde, nach dem Spritzen.
Spritzen!
Ich musste es vermeiden!
Ich musste es aufhalten!
„Nein!"
Es entfuhr mir wie ein Schrei.
„Mach weiter!"
Norma legte mir eine Hand auf den Oberschenkel.

„Wichs weiter, du bist über den Punkt weg, an dem es noch ein Zurück gibt!"
Sie hatte recht.
„Seht!"
„Wichs ihn voll, den Pariser!"
Normas Hand ergriff meinen Sack!
Norma berührte meinen...
Es kam...
Es sprudelte in den Pariser und Norma drückte meine Eier.
Heidrun stöhnte verhalten und zog den Vibrator aus ihrer Möse.
Ich sank zurück und schloss die Augen.
Normas Hand spürte ich deutlich an meinem Sack.
Mein Schwanz schrumpfte trotzdem in sich zusammen und...
Stella und Ulrike klatschten Beifall!"

„Erzähl weiter, Evangelos!"

„Stella und Ulrike saßen mit gespreizten Beinen auf dem Tisch und stimulierten ihre Kitzler.
Ich bemühte mich, in eine andere Richtung zu sehen, um der Unterhaltung zwischen Norma, Heidrun und mir besser folgen zu können.

Meine Blicke wurden immer wieder abgelenkt.

"Vielleicht solltest du dein Glück versuchen, Heidrun!"

Was meinte Norma? Dieser Satz passte nicht zum Thema!

"Wenn du meinst!"

Heidrun griff sich einen Pariser und nahm mit der anderen Hand meine Eier.

Norma lachte.

Mein Schwanz stand schnell, sehr schnell. Es wäre mir in fast jeder anderen Situation peinlich gewesen, hätte Norma mich nicht mit Blicken ermuntert.

Heidrun schob meine Vorhaut weit zurück und rollte den Pariser drüber.

Ich wusste nicht, was ich dazu sagen sollte.

"Das ist doch sicher keine planmäßige MasSes, oder?"

Norma schüttelte den Kopf.

"Sie fällt gegenüber dem üblichen doch sehr aus dem Rahmen! Aber heute haben wir uns gedacht, können wir 'mal eine Ausnahme machen. Immerhin ist es 'mal was anderes, wenn man nach Herzenslust probieren kann, wie die Wichserei bei den Männern so läuft."

"Ach! Das sagt ihr mir, nachdem ich mir

sozusagen umsonst einen abgewichst habe..."
Heidrun nickte mir zu.
„Ja, eigentlich wollten wir immer schon wissen, wie schnell man es schaffen kann!"
Sprach 's und begann mir mit einer unglaublichen Geschwindigkeit einen ab zu wichsen, ohne auch nur einen Sekundenbruchteil langsamer zu werden. Mir quollen angesichts Stellas und Ulrikes Wichserei fast die Augen aus den Höhlen und...
„Gut Heidrun! Versuch es noch schneller, es kann sich nur noch um Sekunden handeln!"
Norma hatte recht.
Sekunden später schoss es aus mir hervor.
Sie hatte mir einen abgewichst.
Vor zwei Minuten hatten wir uns noch normal unterhalten und nun hatte ich schon gespritzt.
„Gut, Heidrun! Das waren Vierzig Sekunden!"
Ich wurde bleich.
Vor lauter Erschöpfung sank ich zurück in meinem Sessel.
Ich schloss die Augen.
„Das wird allerdings die einzige MasSes bleiben, auf der auch andere Praktiken zur Erreichung des Orgasmus möglich sind!"
Ich öffnete wieder die Augen und sah Norma

fragend an.
Sie schüttelte den Kopf, um mir zu verdeutlichen, dass sie keinen Grund sah, mir irgendwelche Informationen zu geben, auch wenn sie ganz genau verstand, was ich wissen wollte."

Desirée stöhnte.
„Es ist gerade so schön! Erzähl weiter Evangelos!"

„Stella reichte mir ein Glas Pernot Cola, das ich dankbar entgegennahm.
Als hätten sie sich abgesprochen, kamen Norma und Heidrun nun von beiden Seiten zu mir und zogen sanft meine Oberschenkel auseinander, um wie ich danach feststellte, einen Platz für Stella zu schaffen, die sich zwischen meine Beine kniete.
Direkt in meinem Sichtfeld konnte ich Ulrike erkennen, die mit aufreizend lasziven Bewegungen begann, in ihrer Spalte zu spielen. Stella deutete mit den Fingern eine Flöte an, die sie spielte und machte mit ihren Bewegungen eindeutige Hinweise darauf, was sie von mir erwartete, einen Ständer.
Ich weiß nicht, was der auslösende Faktor war, aber Ulrike und oder Stella veranlassten meinen Schwanz zur Erektion.
Stella verzichtete auf einen Pariser und begann

langsam mit ihrer Hand die typischen Auf- und Abbewegungen durchzuführen.
„Ich weiß nicht, ob das noch funktioniert!"
Norma reagierte auf meine Bemerkung.
„Ach, wir werden ja sehen! Entweder es geht, oder nicht! Außerdem können wir eigentlich sicher sein, warum sollte es nicht gehen, denn immerhin steht er und wenn er steht, dann spritzt er auch!"
Stella wurde schneller.
Ulrike sah uns zu und schien sich an dem Anblick aufgeilen zu können, an dem Anblick des wiederholten Versuches, mir einen ab zu wichsen.
Irgendwann schloss ich die Augen und genoss die Wichserei.
Stella hörte auf und rollte mir einen Pariser drüber.
Nun schien sie ernst machen zu wollen.
Diese Art und Weise gefiel mir wesentlich besser, als die Superschnellwichserei, wie sie Heidrun durchgeführt hatte.
Stella versuchte mich total fertig zu machen, denn immer, wenn sie meinte, es würde mir bald kommen, machte sie eine Pause.
Ich hatte den Verdacht, Norma hätte ihr entsprechende Zeichen gegeben.
Eine Hand ergriff meine Eier und übte einen

sanften Druck aus, während sie meinen Sack vorsichtig nach unten zog.
Das war einfach zu viel.
Auch wenn Stella versuchte, wieder eine Pause zu machen...
„Jetzt mach weiter, sonst...!"
Und sie machte weiter, wie Norma ihr geraten hatte.
Es kam mir.
Ich weiß nicht, wie viel kam, denn als ich die Augen öffnete, hatte Stella den gefüllten Pariser schon mitgenommen und war verschwunden.
Norma griff das unterbrochene Gespräch wieder auf, als hätten wir keine, wie auch immer geartete Unterbrechung gehabt."

„Hör jetzt nicht auf, Evangelos! Mach weiter!"
Sie stöhnte langanhaltend vor sich hin.
„Erzähl weiter, ich bin so geil!"

„Wenn das erklärte Ziel des Abends ist, mich fertig zu machen, dann habt ihr das jetzt geschafft! Ich kann nicht mehr, ich bin am Ende!"
Diese Worte sagte ich, weil ich ganz genau wusste, wer noch nicht Hand an mich gelegt hatte, nämlich Ulrike und Norma und wenn Ulrike und

Norma noch nicht Hand an mich gelegt hatten, war es unter den gegebenen Umständen zu erwarten.
Norma!
Ich sah sie an, vielleicht fast flehentlich...
„Ach, mach dir keine Gedanken! Wenn Ulrike gleich Lust hat, dir einen fertig zu machen, wird es schon gehen! Überhaupt meine ich, du solltest viel öfter spritzen, das geilt mich nämlich ungemein auf!"
Warum machte sie das? Warum sagte sie das?
Weil sie ganz genau wusste, wie sehr mich solche Worte schon aufgeilen konnten?
Aber sie hatte nur von Ulrike gesprochen, nur von Ulrike, nicht von Norma.
Ulrike griff die Worte Normas auf.
„Vielleicht solltest du etwas nachsichtiger sein! Vielleicht habe ich den anderen und dir immer nur zugesehen, weil ich nicht weiß, wie das geht, wie man einem Mann einen runter holt, weil ich es noch nie gemacht habe und weil heute für mich das erste Mal sein wird!"
Dabei sah sie auf meinen erschlafften Schwanz...
Aber lassen wir das!
„Und du meinst, dass das heute nochmal geht, nachdem ich mir einen runter geholt habe und

nachdem mir zweimal einer abgewichst worden ist?"

"Ja, dann lerne ich es wenigstens richtig, denn immerhin muss ich ihn vorher hochbringen und mir alle erdenkliche Mühe geben, bis es dir kommt! Eigentlich kann man sich dafür keine besseren Voraussetzungen vorstellen, als ich sie jetzt habe!"

Während sie diese Worte zu mir gesprochen hatte, kraulten ihre Finger ihre Muschi und ihre Augen schlossen sich regelmäßig.

"Nein Ulrike, es ist jetzt noch zu früh zum Üben!"

Ich sah Norma erstaunt an.

"Sieh ihn dir an, du hast ihn schon so zum Stehen gebracht, zumindest fast! Wenn du ihm einen abwichsen willst, und ihn dazu mit deinen Händen oder dem Mund hochbringen willst, müssen wir ihm vorher nochmal einen runter holen!"

"Norma!"

"Lass nur Evangelos, ich weiß, was gut für dich ist!"

Sie ergriff meine Hand und zog mich hoch.

"Komm!"

Ich ging hinter ihr her.

"Leg dich auf die Bank!"

Es handelte sich um eine Bank, wie man sie beim Bodybuilding zum Bankdrücken verwendet.
„Du weißt, was ich dir neulich in der Scheune erzählt habe!"
Ja, ich wusste es; und ich nickte.
Sie hatte mir versichert, seit einem haben Jahr keinen körperlichen Kontakt mehr zu Männern gehabt zu haben und sie sei HIV negativ, was allerdings nicht viel besagte, handelte es sich doch bei dieser Erkrankung um eine erworbene Immunschwäche, wie schon der Name besagte und nicht um eine Infektiöse. Zumindest war man sich in der Wissenschaft noch nicht einig. Ich hatte nicht den geringsten Grund, diese Informationen anzuzweifeln, weder was die Schwierigkeiten der Wissenschaftler betraf, die erworbene Immunschwächeerkrankung zu behandeln, noch was Normas Information anging, seit einem halben Jahr keinen Geschlechtsverkehr mehr gehabt zu haben.
Sie hob ein Bein und schwang es über die Bank, so stand sie nun mit gespreizten Beinen und entblößten Genitalien über mir.
Ich merkte deutlich meine allmählich anschwellende Latte.
Ihre Möse befand sich nur wenige Zentimeter von

meinem Gesicht entfernt und sie begann langsam, sich zu streicheln.

Ich hatte ihre Möse schon einmal fast so nah vor Augen gehabt, mir einen abgewichst und sie dabei vollgespritzt, weil sie es so gewollt hatte.

Aber nun kam sie tatsächlich langsam aber sicher immer näher.

Ja, sie kam mir langsam aber sicher immer näher, ich hätte nur meine Zunge auszustrecken brauchen, um ihre kitzlerwichsenden Finger zu berühren.

Sie zog ihre Hand zurück und kam noch näher, ja sie drückte mir ihre geöffnete Fotze in den Mund, sicher nicht mit dem Vorsatz, mich meines Verstandes zu berauben, denn den hätte ich beinahe verloren, als ich sofort mit der Zunge in sie eindrang, was sie mit einem leichten Seufzer belohnte.

Mit kreisenden Bewegungen suchte ich nach ihrem Kitzler, den es vorsichtig zu stimulieren galt.

Norma beugte ihren Oberkörper nach hinten und stützte sich auf der Bank ab.

Ihr Becken bewegte sie, um meine Zunge zu dirigieren.

Ich leckte sie, ich saugte, ich pustete vorsichtig

und irgendwann nahm ich den Kitzler vorsichtig zwischen meine Lippen.

Es ist nicht zu beschreiben, was es für mich bedeutete, Norma endlich zu lecken.

An die anderen Frauen wurde ich erst erinnert, als ich Heidruns Stimme hörte.

„Du musst dir schon selber einen abwichsen, Ulrike wird es dir nicht machen!"

Tatsächlich ergriff ich vor lauter Geilheit meinen Schwanz mit dem Vorsatz, mir einen runter zu holen.

Meine Gedanken überschlugen sich, während ich mit der Zunge Norma leckte und mit der Hand meinen Schwanz wichste, während die andere Hand nach Normas Brüsten tastete.

Alle erdenklichen sexuellen Fantasien ergriffen von mir Besitz.

Alle meine Gedanken kreisen um Sex mit Norma.

Ich wollte nichts anderes mehr tun, als sie ununterbrochen zu lecken und von Zeit zu Zeit zu bumsen; ich werde sie ficken, von hinten, von vorne, von der Seite, von oben, von unten; sie würde mir einen nach dem anderen blasen, im Stehen, im Sitzen, im Liegen...

Sie schrie!

Ja, Norma schrie!

*Ja, ich hatte sie zum Schreien gebracht!
Ich hatte...
Mir kam es.
Es kam mir.
Von Spritzen konnte keine Rede sein!
Es tropfte nur.
Norma stieg ab und massierte sich mein Ejakulat in ihr Haardreieck."*

Evangelos unterbrach seine Geschichte als er Desirée schreien hörte. Er lauschte. Ja, sie schien immer noch weiterzumachen, aber zu erledigt zu sein, um sich verbal zu melden.

Also erzählte er weiter.

„So Evangelos, jetzt braucht dir nur noch Ulrike einen runterzuholen!"
„Norma, du glaubst gar nicht, wie scharf ich auf dich bin! Ich könnte dich ununterbrochen..."
„Spar dir das für später auf, dann kannst du mich so lange Bumsen, bis er dir abfällt!"
Jedenfalls verging über eine Stunde, in der es mir gelang, dafür Sorge zu tragen, keine Regung meines Schwanzes zuzulassen - auch wenn die Damen wichsten - aber so schwer es mir fiel, ich

hatte ihn unter Kontrolle.

Irgendwann kam Ulrike zu mir und versuchte wieder mit eindeutigen Bewegungen eine Regung meines Penis hervor zu rufen, aber ich weiß nicht, ob es an den vier Ejakulationen des Abends lag oder an meinem eisernen Willen, er blieb auf dem Sack liegen.

Auch die anderen Frauen spreizten ihre Beine, um mir ihre prächtigen Mösen zu präsentieren, doch mein eiserner Wille widerstand.

„Na gut, dann kann ich ja üben!"

Ulrike nahm meinen schlaffen Schwanz zwischen die Finger und versuchte ihn hochzubringen, während sie Ratschläge von Heidrun und Stella bekam.

Normas Stimme hörte ich nicht.

Vielleicht war ihr bewusst, dass ihre Stimme ihn sofort zum Stehen gebracht hätte und schwieg.

Ulrike jedenfalls versuchte alles, was man ihr an Ratschlägen zuteil werden ließ und einiges mehr.

Mit einer Hand hielt sie meinen Sack, mit der anderen versuchte sie meinen Schwanz zum Stehen zu bringen.

Stella mischte sich ein.

„Es gibt sogar Methoden, meine Liebe, mit denen kann man es einem völlig impotenten Mann

machen! Es kommt ihm, ohne dass man ihn zum Stehen bringen muss!"

Norma erschien in meinem Gesichtsfeld und griff sich eindeutig an ihr Haardreieck - langsam aber stetig begann mein Schwanz wieder Form zu bekommen. Der Gedanke daran, vielleicht schon in wenigen Tagen Norma zu bumsen, machte mich fertig. Mein eiserner Wille nützte mir überhaupt nichts mehr.

Norma hob eine Hand zum Mund und formte sie, als hätte sie einen zylindrigen Gegenstand in der Hand.

Sie bewegte die Hand von der Seite in Richtung Mund und drückte mit der Zunge die gegenüberliegende Wange nach außen.

Die einzig mögliche Assoziation...

Sie deutete an, mir einen blasen zu wollen.

Mein Schwanz wuchs ins unermessliche unter Ulrikes Fingern.

Sie dachte sicherlich, es sei ihr Werk und knetete ihn munter weiter.

Nun führte Norma die rundgeformte Faust langsam nach unten, um sie in der Nähe ihres Dreieckes zu positionieren.

Ihre eindeutigen Gesten deckten sich mit dem, was nun Ulrike begann, mit meiner Latte zu tun.

Mir wurde doppelt einer abgewichst, einmal symbolisch durch Norma und einmal manuell durch Ulrike.
Trotzdem dauerte es rund eine halbe Stunde.
Ulrike tat ihr Bestes und auch die anderen Damen, einschließlich Norma versuchten mich visuell zu stimulieren.
Dann war es endlich so weit, erlösend schoss es aus mir hervor, auch wenn es vielleicht nur ein einsamer Tropfen war.
Ich war am Ende."

„Ich bin auch am Ende! Danke Evangelos, du hast mich derart aufgegeilt, dass ich es mir machen konnte..."
Sie ließ mögliche Vergleiche offen.
„Das freut mich, Desirée! Dann hast du dich ja jetzt ausreichend entspannt!"
„Eigentlich ja, aber mich würde doch interessieren, wie die Geschichte weiter ging, auch wenn ich nicht mehr an mir herum fummeln werde!"

„Gut, es geschah nicht mehr viel, zumindest nicht an dem Abend!
Am nächsten Morgen kam Norma zu mir und bat

mich, ihr und den Mädchen noch einen kleinen Gefallen zu tun.

„Setz dich auf den Tisch und hol dir einen runter!"

Ich sah sie erstaunt an.

„Ja Evangelos, ich werde in einer Wichsvorlage blättern!"

Sie leckte sich über die Lippen.

„Die Mädchen wollen es einmal sehen, wie man sich mit einer Wichsvorlage einen fertig macht! Nur ein einziges Mal!"

„Danach gibts auch ein ausgiebiges Frühstück!" warf Stella ein.

Wir waren alle komplett angezogen.

Ich muss gestehen, Normas Worte geilten mich sofort wieder auf.

Ich zog die Hose aus und wollte mich auf den Tisch setzen, auf dem ich mich am Abend zuvor ausgezogen hatte.

„Nein, wir haben schon den Küchentisch vorbereitet!"

„Gut, gehen wir in die Küche!"

Stella, Heidrun und Ulrike folgten mir, während Norma verschwand, wahrscheinlich, um eine meiner Wichsvorlagen zu holen, die sie wohl mitgebracht hatte.

Tatsächlich kam sie in die Küche und hielt ein Hochglanzmagazin in der Hand.
„Nur Bilder! Nichts als Bilder!"
„Das kenne ich noch gar nicht, das ist neu!"
„Um so besser!"
Ich setzte mich im Schneidersitz auf den Tisch, die Mädchen auf die Stühle, die den Tisch umstanden. Es roch nach Kaffee und frischen Brötchen.
Norma schlug die erste Seite des Magazins auf.
'Claudia!'
Sie trug nur ein enges Unterhemd, dessen Rand sie mit der einen Hand an der Hüfte festhielt und - leider - mit der anderen Hand vor ihr Haardreieck runterzog, um mir die Sicht zu versperren.
Norma blätterte!
'Angela!'
Ganz in rosa!
Das heißt, die wenige Kleidung, die sie trug war rosa, die Ohrringe und die Strapse.
Sie selber war dunkelhaarig, oben und unten.
Meiner erigierte.
Stella griff sich zwischen die Beine!
Norma blätterte!
'Gisela!'
Nackt!

Oben blond und unten dunkel.
Auf einem Bild hatte sie sogar die Beine gespreizt.
Dankbar war ich, als Norma sofort weiterblätterte.
'Helen blond!'
Norma blätterte!
Stella wichste, wie die geilen Mädchen es von mir erwarteten, nur hatte sie keine Wichsvorlage aus Papier!
'Judith!'
Löwenmähne, schwarze Strapse, Beine breit!
Ich begann zu wichsen.
Norma begann den Mädchen einige Einzelheiten zu erklären.
Sie blätterte!
„Seht ihr, die gefällt ihm nicht, weil sie so ein Gesicht macht!"
Norma blätterte!
„Die ist ihm zu blond!"
Norma blätterte!
„Die zu dünn!"
Norma blätterte!
„Die geht!"
'Jane!'
Meine Erektion hielt sich.
Norma blätterte!

Auch Ulrike begann zu fummeln, aber zwischen den Beinen Heidruns.
'*Lynda!*'
„Die gefällt ihm! Seht, der Schwanz steht!"
Jane stand da in einer weißen offenen Bluse, deren Ränder die Brüste umrahmten; ihre Hände hielten die Bluse über dem Bauchnabel zusammen und ließen somit meinen Blick direkt und unweigerlich auf den Anblick ihres Dreieckes fallen, welches mir zwischen schwarzen Strapsen präsentiert wurde.
Norma blätterte!
Norma blätterte!
'*Marilyn!*'
Sie griff sich an die Möse!
Ich wichste!
Norma blätterte!
Norma blätterte!
Norma blätterte schnell weiter.
„Das ist es!"
Sie hatte recht!
Alles, was das Auge begehrte, um dem Gehirn das Abwichsen des Schwanzes...
Gespreizte Beine eine Hand an der Brust.
Geöffneter blauer Mantel, Brüste und Dreieck nackt!

Norma blätterte!
Geil!
Ein Arsch und eine Fotze von hinten!
„Seht ihr, wenn ein anderer blättert, hat er eine Hand frei, um sich den Sack zu stimulieren!"
Norma blätterte!
'Karen!'
Völlig nackt!
Gespreizte Beine mit angehobenem Becken!
Auf allen Vieren die von Haaren umrahmte Möse von hinten einladend präsentierend!
Norma blätterte!
'Gertie!'
Ein besonders geiler Arsch!
Norma blätterte!
Ich wichste weiter, die linke Hand am Sack.
„Wichs weiter Evangelos, ich habe noch Angelina für dich!"
Sie blätterte immer schneller, bis ich nur noch wage Eindrücke von den Fotzen, Ärschen und Titten hatte.
„Du sollst sie vollspritzen!"
Sie war in ein blaues Kleid gehüllt, das von einem Gürtel zusammen gehalten wurde. Sie saß auf einem Stuhl und unterhalb des Gürtels klaffte das Kleid - scheinbar unbeabsichtigt, oder um zu

wichsen - auseinander; Beine breit, beide Arme auf den Armlehnen liegend.
Diese Fotze...
„Ja Evangelos wichs sie voll!"
Ich wichste sie voll.
Es kam aus mir hervor.
Ich bekleckerte das Magazin und damit Angelina!"

„Schön, Evangelos!"
Desirée äußerte sich nicht weiter zu der MasSes, von der Evangelos berichtet hatte, sondern schwieg.
„Desirée?"
„Ja?"
„Desirée, meine eigene Erzählung hat mich doch etwas aus der Fassung gebracht!"
„Soll das heißen, er steht?"
„Ja, das soll es heißen! Vielleicht könntest du mir wieder etwas erzählen, was mich so richtig anmacht, genug anmacht, um mir auf deinen Worten einen fertig machen zu können!"
„Sicher kann ich das!"
Sie schloss die Augen, um sich besser erinnern zu können.

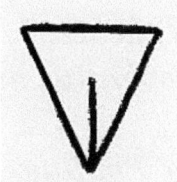

„Es war ein Donnerstag, als ich nach Hause kam und im Briefkasten eine rote Karte die zu Benachrichtigungen der 'Deutschen Bundespost' benutzt wurde, vorfand. Da ich nichts besseres zu tun hatte, holte ich das Päckchen ab, beherrschte aber meine Neugier, bis ich zu wieder zuhause war.
Nun war meine Neugier natürlich durch nichts mehr zu zügeln. Ich riss das Päckchen auf und fand einen länglichen Gegenstand und zwei Batterien.
Was sollte das?
Der Gegenstand war eindeutig, wie er eindeutiger gar nicht sein konnte, aber ich hatte doch keinen Vibrator bestellt. Außerdem brauchte ich nichts zu bezahlen.

Vielleicht hatte sich jemand einen Scherz erlaubt und auf meinen Namen...
Was heißt vielleicht? Sicher!
Ich hatte den Elektrophallus nicht bestellt!
Elektrophallus!
Ich brauchte keinen Phallus, weder organo noch elektro.
So lange ich gefühlvolle Finger hatte, sollte mir kein Kerl ins Haus kommen.
Gefühlvolle Finger!
Ich zog meine Hose aus und legte mich auf mein Sofa.
Gefühlvolle Finger begannen ohne zu zögern...
Meine Augen hielt ich geschlossen.
Ein Elektrophallus!
Ich stimulierte ohne Umschweife die wirkungsvollsten Stellen und kam schnell und kam und kam noch einmal.
Orgasmen war alles, was ich brauchte und die machte frau sich am Besten selbst.
Der Elektrophallus!
Wenn ich ihn benutzte, machte ich es mir auch selbst!
Außerdem...
Wer wusste, ob ich einen besaß?
Na, ja...

Aber wer wusste, dass ich ihn benutzte, wenn ich ihn benutzte?

Entschlossen stand ich auf und holte mir das Gerät vom Tisch, die Batterien waren schnell eingebaut, der Schalter schnell gefunden.

Wieder auf der Couch fühlte ich zuerst mit den Fingern, es vibrierte sanft vor sich hin.

Zögernd bewegte ich die Spitze an meinem Bauch hinab in das haarige Dreieck, in die Spalte, zwischen die großen Schamlippen, in die Möse, wieder heraus, etwas nach vorne...

Die Vibrationen machten mir Gefühle, wie ich sie mir auch mit den Fingern machte.

Die Gefühle wurden stärker.

Langsam stellte sich der erste elektrische Orgasmus ein.

Lange hielt er an.

Langsam flaute er ab.

Ich verstärkte die Vibrationen.

Langsam stellte sich der nächste Orgasmus ein.

Ich drehte wieder an dem Knopf.

Die Orgasmen wurden länger und länger.

Vielleicht sollte ich mir zuerst mit dem Elektrophallus Entspannung verschaffen und mir danach wie immer zuvor einen wichsen, oder zwei.

Immer wenn ich von der Arbeit kam, brauchte ich

mindestens eine halbe Stunde für mich.
Ich legte den Vibrator zur Seite und begann mich wieder mit den Fingern zu stimulieren.

ORGASMUS!

Orgasmus hieß mein erklärtes Ziel!
Ich machte mir so lange einen fertig, bis ich meinte, es vorerst nicht mehr zu brauchen.
Ein gewaltiger Orgasmus kam und schwemmte mich mit meinen Gedanken davon...

ORGASMUS!"

Das Wort Orgasmus hatte Desirée ihm zugerufen, als sie sicher war, Evangelos würde gerade ejakulieren.

„Das war 's Desirée!"

Nach einigen Sekunden kam er wieder zu Atem.

„Ich werde die Zeit mit dir hier nie vergessen; egal, wie lange sie dauert!"

„Du hast recht! Ich habe noch nie so intensiv masturbiert, wie heute!"

„Vielleicht sollte ich doch irgendwann mit Telefonsex anfangen und dich immer anrufen, wenn ich onanieren will!"

„Wenn sich das, was hier läuft herum spricht, dann wirst du einen Termin brauchen..."

„Oder ich mache mich selbständig!"

Er lachte.

„Frauen wollt ihr wichsen, ruft Evangelos er lässt euch spritzen!"

„Weißt du Evangelos, du könntest mir mal erzählen, wie es so für einen Mann bei einer Nutte ist!"
„Da kann ich dir nicht sehr viel erzählen, denn ich war nur ein einziges Mal bei einer."
„Dann erzähl mir doch diese Geschichte, ich kann mir gar nicht vorstellen..."
„Eigentlich ist das auch gar nicht großartig anders, als bei einer *normalen* Frau, dass heißt..."
„Das heißt was?"
„Das heißt, dass diese Frauen immer zur Verfügung stehen, wenn man Sex will, sie sagen in der Regel nicht nein und erwecken den Anschein, dass es ihnen Freude mache!"
„Dann erzähl mir doch dieses Erlebnis aus deiner Sicht, wie du es empfunden hast!"

„Norma hatte mich gebeten zu einer Nutte zu gehen und das ganz am Anfang unserer Beziehung. Sie meinte, nachdem sie gehört hatte, dass ich noch nie bei einer Nutte gewesen war, dass es dann Zeit würde, es sei besser, ich ginge bevor ich es mit ihr selber gemacht habe zu einer Prostituierten, als nachdem ich es mit ihr getrieben habe.
Laut Norma sollte es Huren geben, die es einem Mann so häufig zu machen verstanden, dass irgendwann nur noch Luft kommen würde. Ich war also bereit, mich davon überzeugen zu lassen, vor allen Dingen auch, weil Norma gemeint hatte, ein Mann müsse bei einer Nutte gewesen sein, um die Vorzüge einer richtigen Frau richtig einschätzen zu können.
Jedenfalls hatte sie mir vorgelesen, es gäbe Damen des Gewerbes, die in der Lage waren einem Mann multiple Orgasmen, wie sie normalerweise

nur eine Frau erleben konnte, zu verschaffen.

Der Zeitungsartikel sagte nicht sonderlich viel aus, aber das was der Kunde, wenn er genug Geld mitbrachte erleben konnte, sollte er sicher nie vergessen können, vielleicht würde er sogar in Simons' Book of World Sexual Records aufgenommen werden und das in fast allen Disziplinen.

Grund genug für mich, der Sache nach zu gehen, zumal Norma mir vier Hundertmarkscheine zugesteckt hatte, um sie zu eben diesem Zweck anzulegen, hatte ich doch geäußert, nicht mehr als einhundert Mark ausgeben zu wollen. Obwohl ich am liebsten, nach dem Motto, wenn schon denn schon, zu einer richtigen Edelnutte gegangen wäre, was allerdings an meinen Finanzen scheiterte, versuchte ich es auf dem sogenannten Straßenstrich.

Ja, der Straßenstrich sollte es sein, denn in meinem Auto konnte ich mich erfahrungsgemäß sicher fühlen.

Ich hielt bei den ersten beiden Frauen, die lange Beine unter kurzen Röcken zu Markte trugen.

"Hallo Süßer!"

"Hallo, ihr Süßen! Ich suche eine Dame, die es einem so oft machen kann, dass man danach ein

halbes Jahr nicht mehr will.
Während ich das sagte, schob ich zwei Fünfzigmarkscheine durch das geöffnete Fenster.
Wortlos steckten sie das Geld ein.
„Wenn du so eine suchst, brauchst du nur bis zur nächsten Laterne fahren!"
„Die mit dem Roten Kleid, die verdammte Sonja!"
„Willst du sonst nichts, immerhin hast du schon Kohle rausgerückt!"
Die andere beugte sich so weit vor, dass ihre Möpse mir entgegen quollen.
„Für den Schotter könnte es dir jede von uns 'mal eben mit der Hand machen!"
„Schon in Ordnung! Macht euch 'nen schönen Abend, bevor ich es mir anders überlege!"
Als ich losfuhr hörte ich noch irgendwas, wie 'schwuler Wichser' und 'machs dir doch selber'!
Unter der nächsten Laterne stand tatsächlich eine Frau, nein keine Frau, noch keine Frau, wie alt mochte sie sein, im roten Kleid.
Ich hielt an.
„Komm Süße, steig ein, lass uns eine Spritztour machen!"
„Spritztour ist gut, Alter! Warum hast du keine von den beiden Schlampen genommen?"
Sie sah mich abschätzend an.

„Weil ich hoffe, dass du mir mehr zu bieten hast!"
„Hast du denn Kohle, Alter?"
Ich zeigte ihr fünf Hundertmarkscheine, die ich auf das Armaturenbrett legte.
Sie stieg ein und ich fuhr los.
„Was willst du denn anlegen?"
„Das weiß ich noch nicht, das kommt auf deine Preise an! Außerdem will ich einmal so oft ejakulieren, bis es nicht mehr geht, ohne danach die Pfeife vor lauter Schmerzen nicht mehr benutzen zu können oder eine Woche nicht mehr laufen zu können."
„Auch das noch! Bist du auch so 'n Scheißer, der nicht genug kriegen kann?"
Bei diesen Worten lachte sie.
„Was für eine Antwort erwartest du nach dieser Frage?"
„Was redeste geschwollen! Du suchst irgendwas und weißt es selber nicht, vielleicht hast du es ja auch schon 'mal gefunden, ohne es zu merken!"
„Nein, ich suche es schon länger!"
„Ach so!"
„Und da wollte ich dich fragen, was es kostet, wenn du es mir so oft besorgst, wie es möglich ist, bis es dann nicht mehr möglich ist, bis nichts mehr geht!"

„Gut, gut, ein Handjob kostet..."
„Ich will nicht wissen, was ein Handjob kostet!"
„Ich verkaufe aber keine Informationen!"
Sie zog den Reißverschluss des roten Kleides runter.
Ein schwarzer BH kam zum Vorschein, der eine große Fläche um die Brustwarzen frei ließ.
„Oder bist du schwul?"
Ich musste lachen.
„Nein, ganz sicher nicht!"
„Dann halt doch endlich an!"
„Ich kann nicht einfach so anhalten und Sex machen!"
„Soll das heißen, du bist zum ersten Mal bei einer Frau, die es für bares Geld macht?"
„Ja und was ich jetzt erst einmal brauche, sind einige Schlucke zu trinken!"
Ich griff nach hinten, um einen Flachmann zu ergreifen.
„Ein Blowjob kostet..."
„Gut, ich bezahle das teuerste und es ist deine Aufgabe dafür zu sorgen, dass es immer weiter geht!"
Ich hielt an und schaltete den Motor aus. Mein Ellbogen betätigte die Zentralverriegelung, weil ich vor unliebsamen Überraschungen sicher sein

wollte.

„Hab ich da eben fünf blaue gesehen?"

„Ja, reicht das?"

„Klar, das reicht sogar für ohne Gummi!"

„Du scheinst immer noch nicht verstanden zu haben, um was es hier letztendlich geht! Ich will es machen oder gemacht bekommen, bis nichts mehr kommt, bis nichts mehr geht, bis ich genug habe, für die nächsten Monate!"

„Und ich mache es mit dir, wie du willst und so oft du willst. Du kannst dir aussuchen, was dir gefällt, du kannst alles haben, bis zu 'ohne Gummi'."

„Gut, ich heiße Karl, aber ich will nicht, bis ich nicht mehr will, sondern bis ich nicht mehr kann!"

Sie lächelte, das konnte ich immerhin bei der unzureichenden Beleuchtung erkennen.

„Und die Kohle ist für mich und du bist nicht schwul und du willst dir nichts aussuchen?"

„Ja, dreimal ja!"

Sie begann in ihrer Handtasche zu kramen.

„Suchst du was?"

„Nur das Werkzeug meines Gewerbes!"

Als sie das was sie gesucht hatte, in der Hand hielt, ich konnte es nicht genau erkennen, zog sie den Reißverschluss des roten Kleides vollends

runter. Das Kleid klaffte jetzt ganz auseinander. Weiter unten trug sie einen schwarzen Strapsgürtel, dessen Strippen schwarze Strümpfe hielten und keine Hose. Das schwarze Dreieck war echt und es war wie mit dem Lineal gezogen.
„Keine Sorge, ich werde dich nicht bestimmen lassen, wann du genug hast!"
Sie öffnete meine Hose und holte ohne viel Umstände zu machen meinen Schwanz raus, der gerade anfing eine Erektion zu bekommen.
„Heb' 'mal deinen Hintern hoch, ich brauche Platz! Wenn du dir schon nichts aussuchen willst, bekommst du das, was ich am liebsten mache, einen Handjob mit Gummi! Das ist das einzige, was mir bei diesem Beruf gefallen kann, ich meine, wenn ich es beruflich mache!"
„Aber..."
Ich hob tatsächlich den Hintern und ließ sie die Hose runter ziehen, um sie vollends abzulegen und auf den Rücksitz zu werfen.

Ohne zu zögern rückte sie näher und begann meinen Schwanz zu massieren, was zu einem Wachstum führte, wie ich es eigentlich nicht wollte, wenn ich allerdings das geometrische Dreieck sah...
„Weißt du, einige Männer kommen fast immer

abends und wenn sie anhalten, merke ich, sie haben keine Hosen an, um mit einem Steifen hier ihre Runde zu drehen und sich während der Fahrt einen ab zu wichsen, weil sie sich an unsereins aufgeilen!"

Ich hatte nun eine prächtige Erektion und sie begann, irgendeine Pflegemilch darüber auszukippen, die sie langsam einmassierte.

Diese Pflegemilch, oder was immer es war, vermittelte das Gefühl der Kälte.

„Ich erkenne sofort, ob einer etwas besonderes will, oder die Nummer, wie sie allen gefällt, ich meine die Nummer, wo du dich verrenken musst, während sie in deine Hand vögeln, wobei sie glauben, dich zu bumsen!"

Sie zeigte eine ziemlich überdimensionale Länge an meinem, die ich auf etwa fünfunddreißig Zentimeter schätze.

„Und mit solchen Latten wollen die dich ausleiern und glauben, Nutten seien total ausgelatscht, von mehr als zwanzig Schwänzen am Tag."

Nun begann sie meine Eichel zu bearbeiten, während die andere Hand sich eine Etage tiefer einfand.

„Nein, lass deine Hand weg, du hattest eben die Wahl, jetzt habe ich den Handjob gewählt!"

Ich zog meine Hand zurück und sah ihr zu.
„*Ich werde dir jetzt erst einmal einen runter holen, um festzustellen, wie du so reagierst, wovon du geiler wirst und was ihn erschlaffen lässt. Frei nach dem Motto, der Kragenbär, der holt sich munter einen nach dem andern runter.*"
Hatte sie nicht von Handjob mit Gummi gesprochen?
Den Spruch kannte ich schon!
Sie unterbrach ihre Bewegungen und verzog das Gesicht zu einem Grinsen.
„*Nein, Alter, so leicht lasse ich dich nicht davonkommen! Wenn du allerdings die ganzen Fünfhundert einsetzen willst, dann mache ich dir einen Handjob, bis nur noch Luft kommt!*"
„*Ich befürchte, du unterschätzt da einige anatomische Besonderheiten!*"
Nun griff sie wieder zu und begann wieder mit diesem gewohnten Auf- und Ab, das man jeden Tag spüren wollte.
„*Und jetzt die erste Variante!*"
Sie begann meinen Pint zu drehen, als würde sie eine Orgel spielen, ja sie kurbelte regelrecht...
Wieder hörte sie auf und lachte.
„*Die ganze Kohle?*"
Ich nickte.

Nun brachte sie einen Pariser zum Vorschein und streifte ihn mir fachgerechter über, als ich es selber gekonnt hätte - gelernt ist gelernt.

Dann begann sie wieder zu kurbeln, wobei sie immer schneller wurde, ohne zu stoppen oder die Art der Bewegung zu ändern.

Keuchend schnappte ich nach Luft.

Normalerweise gab ich mir immer äußerste Mühe, eine Ejakulation so lange wie möglich hinaus zu zögern, was allerdings an diesem Abend anders war, wusste ich doch, dass diese Sonja nicht aufhören würde, es mir zu machen, nachdem ich gespritzt haben würde.

Kaum war ich bei dieser Erkenntnis angekommen, als es auch schon zu sprudeln begann.

Ich ejakulierte...

Nach dem ersten 'Schuss' hörte sie auf.

Einige Pumpbewegungen meines Schwanzes begleitete sie mit ihrer Hand.

Sollte es das etwa gewesen sein?

Nein, offensichtlich nicht.

Sie nahm meine Hand und legte sie auf ihre Brust, führte meine Finger über eine sich aufrichtende Brustwarze.

Die beginnende Erschlaffung wurde dadurch

aufgehalten.

Mit geschickten Bewegungen wechselte sie den Pariser und begann aufs Neue mit dem so geliebten Spiel.

Sie wichste mir mit einer solchen Geschwindigkeit einen ab, mit einer so eindeutigen Zielgerichtetheit, die ich vorher nicht für möglich gehalten hätte, sie wichste es mir heraus mit einer solchen Geschwindigkeit, dass ich so schnell zum spritzen kam, als wenn ich mir selber, so auf die Schnelle, einen runter geholt hätte.

Kaum kam ich zu Atem, ergriff sie meine Hand und schob sie zwischen ihre Beine. Glitschige Nässe empfing mich.

Als erneut Blut in meinen Penis zu strömen begann, wurde er schon mit einem neuen Pariser versorgt.

„Pariserwichsen is' geil, Alter!"

Mir fehlten die Worte.

Innerhalb von fünf Minuten hatte sie mir dreimal einen runter geholt.

Sie lachte mich an und kramte wieder in ihrer Tasche.

Mit einem Erfrischungstuch, das erstaunlicher Weise nicht brannte, brachte sie nun meinen Schwanz auf Vordermann.

Sie streichelte und massierte ihn und schmierte ihn mit einer Salbe ein.

„Verdammt klein, das Ding!"

Mit der Salbe ging sie mir nun an den Sack.

Alles was sie mir bis dahin angetan hatte, hatte so gut getan. Ich spreizte meine Beine so weit wie möglich, um ihr so viel Raum wie möglich für ihre außerordentlich geschickten Manipulationen zu lassen.

Immerhin dauerte es Minuten, bis der Schwanz sich wieder aufrichtete und sie einen Pariser rüber streifen konnte.

„Glaubst du, dass man dir einen fertig machen kann, ohne den Schwanz anzufassen?"

„Nein, normalerweise nicht!"

„Ich werde es aber versuchen, möglicherweise geht es bei dir nicht, aber es gibt geile Typen, die können spritzen, wenn man ihnen die Eier schaukelt!"

Und sie begann zu schaukeln.

„Vielleicht solltest du den Sitz weiter zurück fahren, um mir ausreichend Platz zu verschaffen!"

Ich fuhr zurück und sie schwang sich über mich, als wenn sie mich rittlings bumsen wolle, begann aber sofort wieder meine Eier zu schaukeln. Sie packte mit den Fingern einer jeden Hand je ein Ei

und zog sie auseinander, ohne mir den geringsten Schmerzimpuls zu vermitteln.
 Die Auswirkung auf meine Erektionsfähigkeit war verblüffend.
Nach drei Ejakulationen richtete er sich auf, als wenn er noch nie, zumindest nicht in den letzten Tagen spritzender Weise Gefühlsschauer durch meinen Körper gejagt hätte.
Normalerweise tat er schon weh, wenn ich mir zweimal innerhalb einer Stunde einen runter holte. Wenn ich mir einen runter holen ließ, hatte ich gewöhnlich auch Schwierigkeiten beim zweiten Mal."

„Mit der Nutte scheinst du aber Glück gehabt zu haben, Evangelos!"
Desirées Stimme riss Evangelos nicht aus seinen Erinnerungen, unverdrossen berichtete er weiter.

„Mit der einen Hand schaukelte sie weiter Eier und begann nun mit der anderen wieder ihr schnelles Geschäft.
 Sie merkte, wie mein Schwanz trotz der schwachen Erektion nicht härter wurde und

begann unvermittelt, die verbale Schiene einzuschlagen und riss den aktuellen Pariser ab.

„Los, Alter! Du machst mich geil! Spritz, spritz mich voll!"

Was sollte das?

„O, was macht mich das geil, spritz, lass es spritzen, ich will es warm auf meinem Körper spüren!"

Meine Sinne schwanden dahin und ich spritzte wirklich, ja konnte es gar nicht verhindern.

„Sonja, das war viermal! Viermal hast du mir einen runter geholt, ich kann nicht mehr!"

„Was heißt hier, ich kann nicht mehr, wir haben eine Vereinbarung! Ich soll dir einen nach dem anderen fertig machen und das so lange, bis du nicht mehr kannst, nicht bis du nicht mehr willst!"

„Aber..."

„Nix aber! Außerdem habe ich es mir anders überlegt, ich will jetzt von dir gebumst werden, ich bin scharf drauf, von dir richtig durchgevögelt zu werden! Ich will auch was davon haben, oder bist du ein Egoschwein?"

Wer wollte schon so ein Egoschwein sein?

Mit einem Erfrischungstuch beseitigte sie die Spuren meiner letzten Ejakulation, bei der schon sehr wenig gekommen war, als ich gekommen war.

Dann begann sie sich über mir zu wiegen, ging sich selber an die Möpse, bis sich ihre Brustwarzen aufrichteten und fuhr mit einer Hand runter, um ihr geometrisch gezogenes Haardreieck zu kraulen.

Ein leises Stöhnen kam über ihre Lippen und machte mich geil.

Geil, obwohl ich mich eigentlich nicht mehr im Stande fühlte, ihn überhaupt noch einmal hoch zu bekommen.

Ihre Hand fuhr tiefer und sie begann zu wichsen.

Sie wichste sich tatsächlich mit einer unbeschreiblichen Geschwindigkeit.

Es war zum verrückt werden.

Ich wurde geil und immer geiler.

Sie griff meinen Schwanz und er stand.

Schnell stülpte sie einen Pariser drüber und schon befand er sich in einer warmen Umgebung, die ihn bewegte.

Sie bumste mich mit langsamen wiegenden Bewegungen und machte sich mit einer Hand zwischen meinem Schwanz und ihren kleinen Schamlippen zu schaffen.

„Nein! Ich werde wahnsinnig!"

Sie bog ihren Körper nach hinten und griff unter ihrem Hintern durch, um mir an den Sack zu gehen.

Ich verlor den Verstand!
Ihre Bewegungen wurden schneller und sie zog meinen Sack straff.
Mit der anderen Hand wichste sie ihren Kitzler, bis sie schrie und es mir kam.
Ja, es kam mir tatsächlich noch einmal!
Mein Schwanz erschlaffte und fiel in sich zusammen.
Sie schien es nicht bemerkt zu haben und machte weiter, ja sie machte sich einen fertig und schrie.
Ich holte tief Luft.
„So, Alter jetzt bist du dran!"
Ich sah sie verblüfft an.
„Ich meine, du sollst es mir machen!"
„Aber eben wolltest du doch..."
„Eben war ich auch noch nicht geil!"
„Sonja, ich kann wirklich nicht mehr!"
„Muss ich ihn erst hoch blasen?"
„Was?"
„Vielleicht bringst du ihn ja zum Stehen, wenn ich dir einen blase!"
„O nein, ich bin bedient!"
„Was soll das heißen? Ich bin bedient! Du hast alles bekommen, was du wolltest und ich kann nun nach Hause gehen und es mir selber machen!?"

„Und dann?"
Evangelos hatte aufgehört, zu erzählen und damit Desirée zu dieser Frage veranlasst.
„Na ja, es ging tatsächlich nichts mehr."

„Ich habe 'mal einen Mann dazu gebracht, sich vor meinen Augen einen runter zu holen! Als du eben die Sache mit dem Tisch erzählt hast, als dir die Frauen beim Wichsen zugesehen haben, ist es mir wieder eingefallen. Du saßest auf dem Tisch und Norma hat dieses Magazin vor deinen Augen geblättert."
„Dann solltest du mir diese Geschichte erzählen!"
„Ja, ich weiß nicht, ob sie dir gefallen wird!"
„Bisher haben mir alle deine Geschichten gefallen!"
„Gut, ich werde es dir erzählen, ich war allerdings noch sehr jung!"
Evangelos entspannte sich, um der mittlerweile so vertraut gewordenen Stimme Desirées zu lauschen.

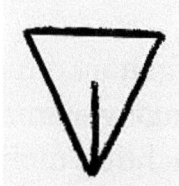

„Weißt du, es ist schon einige Jahre her.
Ich habe in einem Zeitungskiosk stundenweise ausgeholfen, weil Donna abends zu irgendeinem VHS Kurs musste, oder besser gesagt, weil ich Kohle brauchte, um mir mein Studium zu finanzieren.
In diesem Kiosk konnte man nur Zeitschriften kaufen, dafür aber alle erdenklichen Sorten. Ich glaube, es gab keine Zeitschrift, die im deutschsprachigen Raum erschien, die man da nicht kaufen konnte.
Jedenfalls war es eines Abends so, dass da ein Mann reinkam und sich ausgiebig für die Magazine interessierte, die nichts anderes enthielten, als nackte Frauen. Keine Schrift, keinen Artikel, keine Werbung, nichts außer Bildern von mehr oder weniger nackten Frauen. Der Mann brauchte sicher zwanzig Minuten, bis er

gewählt hatte. Er hatte die ganze Zeit herum geblättert und dann seine Wahl getroffen.

Als er gegangen war und kein weiterer Kunde im Kiosk war, ging ich zur Auslage und holte mir eine Auswahl der Magazine, in denen er geblättert hatte.

Niemals zuvor hatte ich mich für diese Art von Zeitschriften interessiert, ja sie für so etwas wie Pornos gehalten.

Aber an diesem Abend...

Ich versuchte einen Grund für seine Wahl zu finden, konnte es aber beim besten Willen nicht.

Jedenfalls nahm ich eine größere Auswahl dieser Magazine mit nach hause.

Vierzehn Tage später, ich war wieder eingesprungen, kam dieser junge Mann wieder.

Ich fragte mich, was er mit diesen Magazinen anfangen wollte.

Nach einiger Zeit kam er zu mir, um das von ihm erwählte Magazin zu bezahlen.

Ich sah mich schnell um und erkannte, außer ihm und mir war niemand im Laden.

„Warum dieses? Die sind doch alle gleich!"

Er sah mich verwundert an.

„Ich meine, warum dieses und nicht eines der anderen?"

„Wie?"
Er stammelte es.
„Ich weiß ja nicht, ob sie Fotos sammeln! Aber mich interessiert, warum sie ausgerechnet dieses Magazin ausgewählt haben!"
Er blätterte kurz und zeigte mir das Bild einer Frau mit gespreizten Beinen, die sich ihre Haare unter dem Nabel kraulte.
„Darum!"
„Darum?"
„Ja, ich hole mir auf diesem Bild einen runter!"
Er sah mich an, als würde er hoffen, mir wäre es peinlich.
„Sie wichsen sich auf den Bildern einen ab?"
Ich hatte nicht gewollt, dass diese Frage empörend klang.
Er sah mich lange zögernd an.
„Und sie?"
„Ich mache es mir selber und sehe mir dabei keine nackten Männer an."
„Vielleicht ist das der Unterschied!"
„Und wie machen sie es? Ich meine, wie sie es tun?"
„Ich, ich..."
„Es ist gleich Ladenschluss! Ich meine, vielleicht..."

„Wie?"
„Vielleicht wollen sie..."
„Was?"
„Vielleicht wollen sie es mir zeigen?"
„Wie? Ich bin kein Exibitionist, sondern ein Wichser, nicht mehr und nicht weniger!"
„Ist doch schon gut, ich bin auch eine Wichserin!"
„Ich dachte nur daran, wie sie es wohl machen!"
„Wie wird man es schon machen?"
„Ja, genau das interessiert mich!"
„Sehen sie sich doch einen Porno..."
„Nein! Wenn sie Zeit haben, können wir ja noch zusammen etwas trinken, wie gesagt, ich mache jetzt zu."

Tatsächlich ließ er sich von mir zu einem kleinen Schluck einladen.

Eine großartige Unterhaltung kam dabei aber nicht zustande.

Ich überredete ihn allerdings, dass er mich mit zu sich nach hause nahm, ich wollte mir seine Sammlung erotischer Bilder ansehen.

Er wohnte in einem kleinen Einzimmerapartement.

Er bot mir Platz an und verschloss die Eingangstür.

„Und jetzt machen sie es!"

„Was!"
Er starrte mich an, als wäre er dem 'Leibhaftigen' begegnet.
„Sie haben sich dieses Magazin gekauft..."
„Ach ja!"
„Ja, warum machen sie es nicht jetzt?"
„Aber!"
„Nichts aber, was macht es für einen Unterschied, ob ich weiß, dass sie es sich machen, oder ob ich es mir ansehe?"
„Sie meinen..."
„Ja, ich meine, dass sie sich jetzt einen runter holen sollen! Ich kann mich ja auch rumdrehen! Ich war noch nie mit einem Mann in einem Raum, der sich einen abgewichst hat!"
„Aber das macht doch jeder!"
„Eben, aber nicht vor meinen Augen!"
Er schien zu verstehen.
„Und was bekomme ich als Gegenleistung?"
„A, jetzt kommen wir der Sache schon näher! Sie tun es sowieso, wenn ich jetzt gehen würde, würden sie sicher in spätestens zehn Minuten..."
„Klar, aber wenn sie hierbleiben... Vielleicht können sie es sich hier auch machen und ich sehe ihnen dabei zu!"
„Nein, dazu muss ich zu hause sein! Aber warum

kommen sie nicht morgen Abend zu mir und sehen mir zu?"

„Ja, warum eigentlich nicht?"

„Gut, ich kommen gegen 19°°h von der Arbeit und dann dauert es immer ungefähr eine halbe Stunde, bis ich es mir mache!"

Ich gab ihm eine Adresse.

„Aber jetzt kann ich es kaum noch erwarten, sie müssen es mir jetzt zeigen!"

Er nickte nur und holte uns etwas zu trinken.

Als er zurück kam, war er nackt.

Er reichte mir eine Dose Bier und setzte sich auf eine Couch.

Das Magazin nahm er sich und begann darin zu blättern.

Ich erwartete, er würde innerhalb kürzester Zeit eine Erektion bekommen, aber er sah immer wieder zu mir rüber."

„Du hast ihm einfach so deine Adresse gegeben?"

„Nein, ich hatte ihm die falsche Adresse gegeben!
Vielleicht hatte ich Angst davor, einen Mann in meine Wohnung zu lassen, der...

Er saß auf der Couch - im Schneidersitz blätterte und sah von Zeit zu Zeit zu mir auf.
Möglicherweise stellte er sich mich nackt vor, wie es Männer tun."

„Das ist eine Pauschalisierung, nicht alle Männer stellen sich unentwegt alle Frauen nackt vor! Ich zum Beispiel stelle mir weniger als ein Prozent aller Frauen mit denen ich zu tun habe nackt vor, sie müssen nämlich angezogen schon so aussehen, als würde es sich lohnen, sie sich nackt anzusehen!"

„Ach, vielleicht trifft das ja nur auf dich zu!
Dieser Typ dachte möglicherweise anders oder hielt mich für eine der Frauen, bei denen es sich lohnen könnte!
Er blätterte und nach fast einer halben Stunde schien er meine Anwesenheit vergessen zu haben.
Eine Erektion stellte sich ein und seine Hand begann mit den typischen Masturbationsbewegungen die zur Ejakulation führen würden.
Er wichste mit rechts und blätterte mit links!"

„Dann handelte es sich um einen Rechtswichser, der bei den Magazinen fast immer von hinten anfängt zu blättern, bei Linkswichsern ist es meistens umgekehrt!"

„*Warum?*"
„Weil man sich bei einer anderen Technik mit der blätternden Hand für einen vielleicht wesentlichen Moment den Blick auf geile Haardreiecke versperrt!"

„*Ach so!*
Ich weiß nicht mehr, wie lange er brauchte, bis es ihm kam, und als es ihm gekommen war, stand ich wortlos auf und ging!"

„Hast du ihm nicht wenigstens einen Zwanziger für die Vorstellung dagelassen, oder ein paar Magazine?"

„Nein! Ich ging nach hause und hatte unruhige Träume.

Jedenfalls kam ich am nächsten Tag von der Uni nach hause und zog sofort meine Hosen aus, weil ich mir...

Ich musste an diesen Mann denken und daran, wie sehr er sich bemüht hatte, es vor meinen Augen zu tun. Meine Gedanken waren so verwirrt, dass ich nicht in der Lage war...

Nein, ich konnte es nicht tun, ich konnte mich nicht ausreichend entspannen.

Ich konnte mich an diesem Abend nicht befriedigen!

Und ich schaffte es erst einige Tage später.

Er hatte mir erheblich weiter geholfen, ohne es zu wissen!"

„Weiter geholfen, auf welchem Gebiet?"
„Ich weiß, dass es doch Männer gibt, die ein wenig Sensibilität aufzubringen im Stande sind!"
„Ich verstehe was du meinst! Du glaubst ja nicht, wie oft ich gewichst habe, während eine Frau mit mir in einem Raum war!"
„Eine Form von Exibitionismus!"
„Nein, so meine ich das nicht! Ich war zum Beispiel Mal mit einer Gruppe von Leuten verreist und schlief nachts in einem Raum mit einer Frau, die mich weder sexuell, noch sonstwie großartig anmachte - gut, ich habe sie zweimal gebumst, aber später wartete ich, bis sie eingeschlafen war, um mir dann einen runter zu holen."
„Du hast es dir gemacht, in dem Bewusstsein, eine Frau neben dir liegen zu haben, die eventuell bereit gewesen wäre, mit dir zu bumsen?"
„Nein, ich habe es mir gemacht, in dem Bewusstsein, eine Frau neben mir liegen zu haben, die es mit absoluter Sicherheit mit mir machen wollte!"

„Diese Norma interessiert mich, oder vielleicht auch euer Verhältnis zueinander. Immerhin ist es alles Andere als eine Selbstverständlichkeit, wenn eine Frau einen Mann dazu animiert, zu einer Nutte zu gehen und ihm sogar noch Geld zusteckt, um diesen Besuch zu finanzieren!"
„Das war eine etwas schwierigere Angelegenheit, denn zu der Zeit grassierte noch diese Immunschwächeerkrankung und alle hatten Angst. Ich hatte Norma auf einer Fete kennen gelernt und sie hatte mir sehr gefallen. Einige Jahre vorher hätte ich alles getan, um sie gleich am ersten Abend ins Bett zu bekommen, so aber blieb nur eines übrig, nach hause zu gehen und mir einen fertig zu machen."
„Du redest vom ersten Abend und davon, dass du hinterher gewichst hast?"
„Warte 'mal ab, ich erzähl es dir so genau wie möglich!"
Unbewusst war Desirées Hand wieder nach unten geglitten.

„Nach dem Abend mit Norma war ich noch ziemlich aufgewühlt.

Ich verstand nicht, warum ich nicht versucht hatte, mich ihr körperlich zu nähern. Irgend etwas schien mir die Gewissheit vermittelt zu haben, damit noch warten zu müssen; ja, ich hatte Angst, durch körperliches Bedrängen unsere aufkeimende Beziehung schon im Keim zu ersticken. Ich wusste zwar nicht, warum, aber irgendwie glaubte ich, es sei besser, Norma die ersten Schritte machen zu lassen.

Ich wohnte damals in einem Apartmenthaus, in dem auch Norma eine kleine Wohnung hatte und diese Fete fand ebenfalls in einem der Apartments statt.

Alles unter einem Dach!

In meinem Appartement angekommen, holte ich

mir eine ältere Penthouseausgabe aus dem Regal, um genauer zu sein, die allererste Ausgabe und zog mir die Hose aus.

Schlafen konnte ich sicher nicht, ich musste mir erst Erleichterung verschaffen und setzte mich auf den Boden.

Ich blätterte ein wenig in der Zeitschrift herum, auf der Suche, nach geilen Bildern.

Warum hatten die so viel Text in einer Zeitschrift, die man sich normalerweise aus ganz anderen Gründen kaufte.

Ah, da kamen schöne Bilder!

Auf den ersten Seiten war sie noch in der Stadt, einem Park und auf einer Brücke zu sehen, aber dann...

Gut!

Sie lag ausgebreitet auf einer Couch, ein Bein in die Höhe gestreckt, man konnte ihr zwischen die Beine sehen, überhaupt schien sie zu den Pinupgirls zu gehören, die erfreulicherweise alles das zeigten, was eine Frau so anders, so betrachtenswert machte.

Sie lag ausgebreitet auf einem Korbsessel...

Sie hatte nur eine offene weiße Bluse an und sie war eine Frau! Links unten stand sie, die Bluse geschlossen, stemmte eine Hüfte zur Seite, zog mit

einer Hand die Bluse vor ihr entzückendes Dreieck und geilte einfach auf.
Blut floss in meinen Schwanz und er begann sich langsam zu versteifen.
Ich blätterte eine Seite weiter.
Auf fast allen Bildern hatte sie die Beine gespreizt, man konnte sogar den Schimmer ihrer Schamlippen unter der Haarpracht erahnen.
Mit der rechten Hand ergriff ich meinen organischen Joystick, der nun nur mir Joy verschaffen sollte und begann ihn langsam auf und ab zu stimulieren.
'Schön langsam!'
Langsam genießen!
Ich blätterte.
Scheissschrift!
Schnell weiter!
Mist, zu weit!
Zurück!
Ja, gut.
Eine andere Sie lehnte mit den Ellbogen auf der Lehne des Stuhles, auf dem sie kniete und streckte mir den Hintern entgegen. Und - oh man - links oben, hatte ein rotes Kleid an, ein Träger war verrutscht und hob mit einer Hand ihr Kleid vorne hoch, trug darunter weiße Strapse, die weiße

Strümpfe hielten, man sah...
Ein Geräusch vom Eingang...
Ein Schatten fiel auf die geilen Strapse!
Mein Schreck war grenzenlos!
Norma stand vor mir!
Ich musste das Schloss in Ordnung bringen!
Das Blut, das gerade noch in meinem Schwanz gewesen war, strömte nun in mein Gesicht.
„Lass dich nicht stören! Bitte, mach einfach weiter!"
Und die Hydraulik?
Norma kniete vor mir auf dem Boden nieder, sah mich an und begann für mich zu blättern.
Mein Schwanz erschlaffte.
Norma trug ein weißes formloses Hemd, ich sah ihre nackten Oberschenkel.
„Hier!
Es ist nichts normaler, als wenn man sich einen runterholt!"
„Das weiß ich!"
Sie machte mich auf weitere geile Bilder aufmerksam.
Norma schien es tatsächlich ernst zu meinen, ich sollte mir tatsächlich vor ihren Augen einen runter holen.
Die Bilder...

Eine Blonde saß zwischen grünen Pflanzen im Schneidersitz auf einem Gartenstuhl und zog ihr blaues T-Shirt hoch, um ihre Brüste zu zeigen, das Dreieck wurde von ihrem linken Unterschenkel halb abgedeckt. Auf der anderen Seite eine Dunklere am Strand, ein rotes Handtuch um die Schultern gelegt, auch das Dreieck sichtbar.
Mein Schwanz begann sich wieder aufzurichten; ich schob die Vorhaut zurück.
Norma blätterte.
Geile Ärsche, Titten und haarige Dreiecke...
Gespreizte Beine...
Zum ersten Mal, seit Norma hereingekommen war, bewegte ich meine Faust mit inliegendem Schwanz nach oben.
Norma blätterte.
Ich bewegte meine Faust mit instehendem Schwanz nach unten.
Geile Bilder, alles was ich mir wünschte.
Sie blätterte.
Schrift.
Norma sah mir entschuldigend in die Augen.
Mein Schwanz sank in sich zusammen, als mir die Absurdität der Situation wieder bewusst wurde.
Norma hob die Penthouse vom Boden auf und drehte sie rum und blätterte schnell durch und

steckte jeweils einen Finger zwischen die Blätter, um mir keinen Text zeigen zu müssen.
Das war ja zum wahnsinnig werden!
Sie legte die Zeitschrift wieder vor mir auf den Boden und zeigte mir Bilder.
Sie sah mich an und zeigte mir Bilder, Bilder die meine Geilheit steigerten, die mich erregten.
Meine Hand nahm ihre Arbeit wieder auf.
„*Ja, tu es!*"
Sie schien es wirklich zu wollen.
Ich machte weiter.
Die Erektion stellte sich wieder ein, nun zum dritten Male.
Die Blonde, die eben mit dem linken Unterschenkel ihr goldenes Dreieck halb bedeckt hatte, nun mit rotweißen Ringelstrümpfen und rotweißem T-Shirt - was für ein Hintern.
Norma blätterte.
Der selbe Hintern und auf der anderen Seite das Dreieck komplett.
'Oh!'
„*Stop, lass dir Zeit!*"
Meine Hand hielt inne.
Norma sah mir in die Augen.
„*Immer schön langsam, dann kommt auch mehr dabei raus!*"

Wie meinte sie das.
Sie blätterte.
Keine Schrift, immer nur Bilder.
Ich verstärkte den Druck, den meine Faust auf den Schwanz ausübte.
Auf und nieder!
Geile Bilder!
„Stop!"
„Aber..."
„Lass dir Zeit! Es soll sich lohnen!"
Langsam machte ich weiter.
Meine Erregung wurde immer unerträglicher.
Wahrscheinlich hätte ich weitergemacht, wenn alle Frauen aus dem Haus um mich herum gestanden hätten, um mich an zu feuern.
Konnte man überhaupt so geil sein?
Meine Hand wurde schneller.
Au, ein Wahnsinnshintern!
Auf und nieder,
Geile Bilder...
Eine Frau, die sich zwischen die Beine griff...
Es ging nicht mehr...
Meine Augen saugten sich an dem Anblick fest.
Meine Hand wurde schneller, viel schneller.
Es gab kein Zurück...
Es kam kein 'Stopp'!

Es kam...
Es kam mir...
Es spritzte aus mir hervor, ich pumpte, pumpte langsam den ganzen Saft aus dem Schaft.
„Gut, Evangelos..."
Ich wurde an Normas Anwesenheit erinnert.
Die Angelegenheit wurde mir peinlich.
Norma klappte die Zeitschrift zusammen und legte sie ziemlich achtlos auf den Tisch.
Da saß ich nun, einen bekleckerten Schwanz in der Hand.
Wortlos ging ich ins Badezimmer, um mich zu waschen.
Als ich zurückehrte, erwartete ich fast, Norma nicht mehr vor zu finden, weil sie von mir enttäuscht sein mochte.
Aber sie saß gedankenverloren in einem Sessel und hatte die Beine angezogen. Der Saum ihres Kleides oder Hemdes war so weit nach oben gerutscht, dass ich ihre Oberschenkel bis zur Hälfte sehen konnte. Eine Hand baumelte zwischen ihren Beinen durch und versperrte mir den Blick in ihre Grotte. Ich konnte noch nicht einmal erkennen, ob sie eine Slip trug, oder nicht.
Ich hatte immer noch keine Hose an, wollte aber nach einer greifen.

„Lass ruhig! Oder musst du etwas vor mir verbergen?"
„Nein..."
„Weißt du, was ich von dir will?!"
Zögernd schüttelte ich den Kopf.
„Es fällt mir nicht leicht..."
Sie stellte beide Füße auf den Boden und zog den Saum des Hemdes bis zu den Knien.
Hatte sie es sich gemacht, als ich im Badezimmer war?
Ich setzte mich auf die Couch und fühlte mich äußerst unwohl in meiner Haut.
„Es kann sein, dass du mich rausschmeißt, aber ich will ehrlich zu dir sein!"
Eigentlich sah sie mich an, wie ein verschüchtertes Reh.
„Ich, dich rausschmeißen?"
„Ja, warum nicht?"
„Ich würde dich nie..."
„Schon gut! Vielleicht beginne ich so. Eigentlich will ich mit dir schlafen!"
Whamm!
Das saß.
Mir verschlug es die Sprache.
„Aber ohne Pariser! Ich habe eine Latexallergie!"
„Und dann lässt du mich..."

„Ja, ich lasse dich!"
Sie stand auf und ging zum Fenster.
Draußen war es finster.
„Ich will, saß du keine Frau anrührst, bis..."
Sie drehte sich um und sah mich an.
„Oder ist das zu viel verlangt?"
„Wenn ich ehrlich sein soll, muss ich dir sagen, ich habe keinen Bock mehr auf andere Frauen, seit ich dich näher kennengelernt habe!"
Das stimmte.
„Wenn unsere AIDS-Tests, die wir morgen machen in Ordnung sind, will ich mit dir bumsen!"
„Und bis dann?"
„Wie oft brauchst du es? Ich meine, ohne Frau, wie oft holst du dir einen runter?"
„Na, so ungefähr einmal täglich – na ja, mindestens!"
„Wenn du damit einverstanden bist, werde ich zumindest einmal täglich dabei zusehen, ich will sicher sein können, ich habe Angst!"
Ich ging ihr entgegen und nahm sie in den Arm.
Sie war so weich und schutzbedürftig.
Sie begann zu schluchzen.
„Ich kann mir vorstellen, dass das ziemlich viel verlangt ist!"
War es das?

„Aber nein, es ist nur überraschend für mich!"
„Soll das heißen, du bist einverstanden?"
Ich nickte entschlossen.
 Sie schob mich zurück, um mir in die Augen zu sehen.
„Und immer, wenn du eine Erektion bekommst, holst du dir einen runter?"
„Ja, wenn das unsere Vereinbarung sein soll! Und was ist mit dir..."
Ich wagte einen Vorstoß.
„Lässt du mich auch zusehen?"
„Willst du das sehen? Es ist nicht spektakulär!"
„Ja, es interessiert mich und es geilt mich schon der Gedanke auf..."
Sie nickte.
„Ich bitte dich nur, immer, wenn wir beisammen sind, ohne Hose herum zu laufen, weil ich vor jeder Erektion gewarnt sein will und verlang' bitte nicht von mir, dass ich dir einen runterhole, noch nicht jetzt, ich brauche Zeit!"
„Merkwürdige Bedingungen!"
„Ich habe Angst, das ist alles und du bist der erste, dem ich abnehme, dass er mir hilft, die Angst zu überwinden!"
Sie sah an mir runter.
„Komm, ich zeig dir noch einmal geile Bilder!"

„Vielleicht solltest du es dir auch machen, ich glaube, das würde mich noch besser stimulieren, als alle Bilder!"

„Du hast dich dann an die Vereinbarung mit Norma gehalten?"

„Ja Desirée, ich habe mich wirklich an die Vereinbarung gehalten, ob du es glaubst oder nicht! Norma hat mich vom ersten Tag an fasziniert, so dass ich mir sicher war, dass ich es wirklich wollte."

„Klar glaube ich dir! Wenn ich dir in dieser Situation nicht glauben würde, wem sollte ich dann überhaupt noch glauben?"

„Du hast recht! Ich kann dir alles erzählen, was ich will, aber warum sollte ich dir nicht die Wahrheit sagen? Wenn ich in meinem ganzen Leben noch niemandem die Wahrheit erzählt habe, dir kann ich sie erzählen, die ungeschminkte und unverfälschte Wahrheit!"

„Und wie ging es dann weiter mit Norma?"

„Es ging einige Abende später weiter!

Es schellte!
Als ich die Tür öffnete, sah ich zu meiner Freude Norma vor mir stehen. In der linken Hand trug sie eine flache Plastiktüte.
"Norma! Schön, dass du 'mal vorbei kommst!"
Ich trat einen Schritt zur Seite und ließ sie passieren.
Seit zwei Tagen hatte ich sie nicht gesehen, wegen Arbeit, hatte sie gesagt.
"Ich bin froh, heute Abend Zeit zu haben!"
Sie setzte sich in einen Sessel und legte die flache Tüte auf den Tisch.
Bekleidet war sie mit einem langen weiten sackartigen roten Kleid, auf dessen Vorderseite ich grafische Ornamente erkennen konnte, die mich an Motive erinnerten, wie ich sie in Südamerika vermutet hätte.

Ich musste an unsere letzte Begegnung denken und daran, wie sie mir zugesehen hatte, als ich mir einen runterholte.

„Hattest du mir nicht etwas versprochen, Evangelos?"

Ich runzelte die Stirn.

„Versprochen?"

„Ja, als Hilfe für unser Beisammensein... Vielleicht bin ich ja verrückt... Jedenfalls hast du vorgestern zugestimmt!"

Ich konnte mir schon denken, was sie meinte, da war die Sache mit der Hose gewesen; ich tat so, als könne ich mich an nichts erinnern.

Norma stand auf und ging zum Fenster, um das Thermostatventil des Heizkörpers höher zu drehen.

„Damit du dich nicht erkältest!"

Sie kam zu mir zurück und setzte sich.

„Ich meine die Hose!"

„Also doch!"

Sie nickte und machte eine eindeutige Bewegung, die eine imaginäre Hose herunter schob.

Während ich mich ein wenig zierte, tat ich ihr den Gefallen, nicht zuletzt, weil ich es ihr versprochen hatte. Immerhin hatte sie Blut bei mir abgezapft und es mitgenommen, zur Untersuchung. Immerhin hatte sie gesagt, sie habe Angst und sie

wolle warten, bis die Testergebnisse negativ sind und sie werde zwischenzeitlich dafür Sorge tragen, mich nicht in Versuchung geraten zu lassen, es mit anderen Frauen zu treiben.
Warum ich auf diesen Irrsinn eingegangen war, wusste ich selber nicht, möglicherweise aufgrund der aufkeimenden Zuneigung gegenüber Norma.
Achtlos warf ich meine Hose in die Ecke, in der ich sie morgens gewöhnlich anzog.
Sie hatte mir während des ganzen Entkleidungsvorganges in die Augen gesehen, ohne das, was mich von ihr unterschied, auch nur eines flüchtigen Blickes zu würdigen.
Ich setzte mich.
„Bist du jetzt geil?"
„Nein, Norma! Noch nicht."
„Bist du da sicher? Hast du dir gestern einen runtergeholt?"
„Ja, eigentlich zwei!"
„Soviel du willst, Hauptsache, du gehst nicht die Gefahr ein..."
Was sie meinte war klar.
„Wenn ich zweimal täglich..."
„Du meinst, dass du dann nicht mehr Gefahr laufen wirst..."
„Ich meine dass ich zur Zeit nicht das Bedürfnis

habe. Das einzige Bedürfnis habe ich tatsächlich nach dir!"
„Also bist du doch geil!"
„Nein!"
Ich schüttelte entschieden den Kopf.
Nun senkte sie den Blick und sah sich erstmals an diesem Tag meinen...
Ach, Scheiße!
Ich merkte, wie die Durchblutung meines Phallus sich langsam intensivierte und wollte es irgendwie unter Kontrolle bringen.
Sie hatte es bemerkt.
„Siehst du? Ich finde es geil, wenn ich es so beeinflussen kann!"
„Ich fänd es viel geiler, wenn ich so etwas auch bei dir beeinflussen könnte!"
Vielleicht sollte ich einen kleinen Vorstoß verbaler Natur wagen!?
„Was meinst du, was ich gemacht hätte, wenn du gesagt hättest, es würde dich geil machen!"
„Vielleicht macht es mich ja geil, wenn ich dir zusehe, wie du dir einen fertig machst!"
„Und wenn ich einen Pariser..."
Sie lachte!
„Vielleicht solltest du dir ja mit Pariser einen runter holen!"

Ich stutzte.
Sie reichte mir einen Pariser, von dem ich nicht wusste, wo sie ihn hergeholt hatte.
Mein Schwanz war etwas geschrumpft.
„Ich finde es nicht gut, wenn man alle meine sexuellen Empfindungen sehen kann!"
Sie lachte, als würde sie mein Missempfindungen genießen.
„Vielleicht komme ich dir bald etwas entgegen und verzichte auch auf eine Hose!"
Sie grinste.
Das Blut schoss mir in den Schwanz und ließ ihn förmlich hochschnellen.
„Siehst du, jetzt solltest du dir doch einen runter holen, oder meinst du, du würdest es noch lange aushalten?"
„Du hast sicherlich recht!"
Norma griff nach der flachen Plastiktüte, die sie auf den Tisch gelegt hatte und brachte einige Magazine zum Vorschein.
„Das mein lieber Evangelos, sind Wichsvorlagen, die diesen Namen wirklich verdienen!"
Sie reichte mir eines der im Din-A-4-Format gehaltenen Magazine.
Ich blätterte durch, die hatte recht, nichts, als Bilder, keine störende Schrift!

Ich hielt meinen Schwanz bereits in der Hand, als ich mich auf den Tisch setzte.

„Streif doch den Pariser drüber!"

„Gut, wenn du meinst! Ich will dich ja auch nicht anspritzen - noch nicht!"

Ich rollte den Pariser über meine erigierte Latte.

Sie hockte vor mir und begann zu blättern.

Tatsächlich, Norma hatte nicht zu viel versprochen, nur Bilder, kein störender Text.

Bilder über Bilder!

Brüste, Hintern und Dreiecke, so weit das Auge reichte, auf jeder Doppelseite.

Blonde, rote braune und schwarze Haare, oben und unten.

Ich starrte auf die Bilder und begann magisch meinen Zauberstab in die Hand zu nehmen.

Norma blätterte.

Es gab Bilder, die mich wahnsinnig hoch brachten und solche, wo einem der Schwanz zusammenschrumpfen konnte, wie...

Aber Norma bekam schnell ein Gespür dafür, was für Bilder mir gefielen, was für Frauen mir gefielen, welche Posen ich bevorzugte, welche Entkleidungsphasen...

Es lag eine auf einem Handtuch und sah in die Kamera, zwei pralle Brüste und die Haare.

Norma blätterte.
Andere Seite andere Frau.
Sie kniete auf dem Boden und trug schwarze Strapse, mit den Händen hielt sie ihre Möpse und sah in die Kamere.
Norma blätterte.
Die selbe Frau saß nun mit gespreizten Beinen auf dem Boden und hielt sich einen Stofffetzen vor die Brust.
Die gespreizten Beine.
Ich begann meinen Schwanz zu wichsen, wichste sofort wie ein Bekloppter los.
Norma blätterte.
Eine andere Frau saß auf dem Boden, die Beine angewinkelt.
Ich konnte in ihre Spalte sehen und wichste immer schneller.
Norma blätterte.
Auf der einen Seite lag eine völlig nackte Frau auf ihrem Rücken, deren braunbrannter Körper in der Sonne glänzte. Obwohl sie ihre Beine gespreizt hatte, konnte man nichts erkennen, weil sie beide Hände über ihrem Bermudadreieck verschränkt hatte. Auf der anderen Seite ging sie über einen Bürgersteig, mitten in Paris, in einen schwarzen Mantel gehüllt, der vorne auseinander klaffte, um

das von Strapsen umrahmte Haardreieck vorzuzeigen.
Meine Hand wurde langsamer.
Norma blätterte.
Auf der einen Seite eine Dunkelhaarige mit einer roten Jacke, im Blitzlicht am Strand. Jacke offen, wohlgeformte Brüste und ein kleines Haardreieck.
Norma blätterte.
Auf dem Rücken liegend, Beine gespreizt und Hand an der Möse.
Norma blätterte.
Norma entwickelte ein erstaunliches Geschick, immer dann zu blättern, wenn es aus einem der beiden Gründe nötig wurde.
Eine Mittelblonde im Halbprofil von vorne. Sie trug ein rotweiß gestreiftes T-Shirt, das sie vorne runterzog und damit die Hälfte ihres Haardreieckes bedeckte.
Auf der anderen Seite die selbe Dame im Halbprofil von vorne und von der anderen Seite. Ein Bein nach hinten, eines nach vorne gestellt, das T-Shirt von den Schultern gezogen, um auch ihre schönen Möpse vom imaginären Betrachter bewundern lassen zu können.
Norma blätterte.
Eine Dunkelhaarige mit Möpsen und Dreiecken.

Norma blätterte.
Möpse, Hintern und Dreiecke.
Norma blätterte.
Gespreizte Beine und Dreiecke.
Norma blätterte.
Ein Bild...
Sie stand neben einem Regal in dem rote Aktenordner standen.
Ihr rotes Kleid hatte sie zusammengerafft, ihre Brüste waren befreit und unter ihrem Nabel war ein Streifen Haut zu erkennen, unter der ein weißer Stretchstrapsgürtel ein schwarzes Dreieck zur Geltung brachte
Ich sah ihr in die Augen und dann starrte ich nur noch auf dieses Dreieck!
Dreiecke..."

- „Evangelos?"
„Ja!"
„Warum redest du nicht weiter? Oder holst du dir gerade einen runter?"
„Ohne dir Bescheid zu sagen? Nein!"
„Wie ging es weiter?"
„Wie es immer weitergeht, bis zum Spritzen!"
„Und danach?"
„Nichts danach, vielleicht solltest du mir jetzt etwas erzählen, ich habe deine Stimme schon lange nicht mehr gehört!"
„Gut vielleicht sollte ich dir 'mal erzählen, zu was mich der Film *American Graffiti* inspiriert hat!"
„Wieso gerade der Film?"
„Weil es in Paris war und du eben eine Wichsvorlage erwähnt hast, in der ein Parisbild zu sehen war!"
„Ach so!"

„Nachdem ich diesen Film gesehen hatte, tat ich es ein bis zwei mal pro Woche. Es zog mich dann einfach raus, wenn es im Sommer draußen dunkel wurde.
So etwas mache ich auch heute noch, wenn ich gerade in einer größeren Stadt wohne.
Ich fahre dann auf einen Parkplatz am Stadtrand und ziehe meine Klamotten aus, bis auf einen BH oder ein Bikinioberteil.
Dann fahre ich in der Stadt umher!
In meinen Gedanken tauchen dann immer wieder Szenen aus dem Film auf.
Ich fahre dann also durch die Stadt und ein prickelndes Gefühl beginnt mich zu durchfluten, ein Gefühl, das man einfach nicht beschreiben kann, ein Gefühl der Unantastbarkeit, aber auch größter Verletzlichkeit, ein Gefühl, das immer

stärker wird.

Wenn ich dann mit meinem Wagen vor einer roten Ampel stehe und ganz genau weiß, dass nur wegen der Dunkelheit, niemand meine Nacktheit sehen kann. Dann sehe ich in die anderen Wagen, die neben mir stehen und suche den direkten Blickkontakt zu den Leuten, die drinsitzen.

Das Prickeln wird dann noch stärker.

Ich stelle mir sie ebenfalls nackt in ihren Autos sitzend vor, sie sich gegenseitig sexuell stimulierend und...

Jedenfalls kommt dann irgendwann der Zeitpunkt, in dem meine Hand sich durch mein Haardreieck wühlt, um in meine Spalte zu gleiten.

Meist wird es dann grün und ich ziehe den Wählhebel des Automatikgetriebes auf D und gebe Gas.

Irgendwann kommt eine andere Ampel und irgendwann kommt der Zeitpunkt, - na, dann braucht der Wagen nur gerade zu stehen und ich bin schon dabei, mich zu stimulieren.

Wenn sich dann neben dem Rot auch das Gelb zeigt, fällt es mir immer schwerer loszufahren.

Und dann, wenn es nicht mehr geht, wenn ich mich dermaßen aufgegeilt habe, dass ich nicht mehr fahren kann, ohne es zu tun, dann halte ich *einfach an und bringe mich schnell zum Orgasmus.*

Es ist ja klar, dass ich die Türen des Wagens dabei immer verriegelt halte.

An einem solchen Abend verschaffe ich mir so viele Orgasmen, wie ich brauche!"

„Und es hat noch keine Probleme mit Leuten oder der Polizei gegeben?"
„Nein!"
„Das ist erfreulich!"
„Erzähl mir von deiner nächsten Begegnung mit Norma!"
„Es gab viele Abende an denen sie mir ein Magazin vorlegte und mich mir einen runter holen ließ. Aber dann nach längerer Zeit gab es eine Abwandlung!"
„Dann erzähl mir von der Abwandlung!"

„Ich saß lustlos vor dem Fernseher und zog mir irgend einen Streifen rein. Das Programm interessierte mich nicht im Geringsten, ich hatte es ausgewählt, indem ich alle Programme durchgeschaltet hatte, auf der Suche nach Frauen, denen ich zutraute, zumindest einen Teil ihrer Hüllen fallen zu lassen.
Norma hatte an diesem Abend einen VHS Kurs auf dem Programm und wusste noch nicht, ob sie mich besuchen würde.
Ich saß lustlos vor dem Fernseher, zog mir irgend einen Mist rein, wusste mit an Sicherheit grenzender Wahrscheinlichkeit, dass sich keine dieser Frauen ausziehen würde und wichste ebenso lustlos vor mich hin.
Seit mindestens einer Stunde hatte ich meinen

Schwanz in der Faust und war bemüht, die mäßige Erektion nicht abflauen zu lassen.

Aus irgendeinem Grund kam ich nicht auf die Idee, mir eine der Wichsvorlagen zu holen, die ich von Norma bekommen hatte.

Irgendwann ging dann die Tür auf und Norma stand vor mir, indem sie erstmals von dem Schlüssel Gebrauch machte, den ich ihr gegeben hatte.

Wortlos sah sie mich an, sah von meinem Schwanz in mein Gesicht und wieder zurück auf meinen Schwanz.

Ich traute meinen Augen nicht.

Zum ersten Mal, seit wir uns kannten, öffnete sie ihre schwarze Bluse und ergriff den roten BH, der seinen Verschluss vorne hatte, zwischen den Brüsten.

'Oh Mann!'

Sie ließ die Bluse auseinander klaffen und öffnete den BH aufreizend langsam.

Ich traute meinen Augen nicht.

Sie brachte zwei prächtige Möpse zum Vorschein, die sich so erfolgreich der Schwerkraft des Planeten erwehrten, dass ich der Meinung war, ein BH wäre gänzlich überflüssig gewesen.

Zwei Brustwarzen richteten sich auf und schienen

platzen zu wollen, zumindest bildete ich mir das ein.

Mit einem Schritt kam sie näher, ergriff meine Hände und zog mich vom Sofa hoch, in die Mitte des Raumes.

Sie zog mich auf den Boden, legte sich auf den Rücken und platzierte mich über ihrem Bauch in kniender Position.

Meine Latte hatte sich zu ungeahnten Größen empor gereckt, wie ich sie an diesem Abend nicht erwartet hatte.

Norma ergriff meine Hüften und zog mich weiter nach oben, bis mein Schwanz sich über ihren Brüsten empor stemmte.

Mit beiden Händen ergriff sie ihre Brüste und schob sie zusammen, wobei sie mich auffordernd ansah.

Als sie den Spalt, der im Lexikon als Busen bezeichnet wird, wieder öffnete, steckte ich meinen Schwanz hinein.

Sie drückte nun die Möpse wieder zusammen und nahm somit meinen Schwanz auf.

Schwanz fickt Busen!

Sie nickte mir zu, als ich eine kleine Stoßbewegung andeutete.

Na ja, wenn sie unbedingt wollte.

Ich begann mit dem Tittenfick*!*
Ich bumste die Falte, die durch ihre von Außen drückenden Hände zwischen ihren Möpsen entstand.
Norma schloss die Augen und ging mit ihren Möpsen bei meinen Bewegungen mit, um dann wieder dagegen zu drücken.
Ihre Finger begannen die Brustwarzen zu kneten und sie stemmte ihre Beine auf den Boden, was mich noch ein Stück nach vorne beförderte und zu einem besonders tiefen Stoß führte.
Sie ließ die Falte aufklaffen und mein Schwanz stand wieder in voller Größe zwischen uns; mit beiden Händen stimulierte sie nun ihre Brüste weiter und sah mir zu, der ich meinen Schwanz ergriff und begann, mir nun ernsthaft einen ab zu wichsen.
„Nein, warte noch!"
Sie schubste mich von sich und öffnete ihre Hose.
„Komm, wir machen weiter!"
Mit einer Hand in der Hose, versuchte sie mit der anderen wieder ihre Brüste zusammenzuhalten, um meinen Schwanz aufzunehmen.
Ich steckte ihn in die unvollständige Spalte, hatte aber beide Hände frei.
Vorsichtig ergriff ich eine der Halbkugeln, um sie

zur Mitte zu schieben.

Mein Schwanz versank wieder vollständig in der weichen Herrlichkeit, die zu oft durch Blusen und andere Folterinstrumente in ihrer Freiheit eingeschränkt wurde.

Normas zweite Hand ließ auch los, um nach unten, zur anderen Hand in die Hose zu gleiten.

Ich nahm nun auch die andere Halbkugel in die Hand und war nun in der Lage, mir mit ihren beiden tollen Möpsen einen runter zuholen.

Mit meinem Becken stieß ich zu, während meine Hände die Möpse hielten und den Stoß unterstützen konnten.

Norma wichste ihren Kitzler und begann zu stöhnen.

Meine Körperbeherrschung war am Ende.

Ich drückte meinen Schwanz so tief zwischen ihre Brüste, dass die Eichel oben sichtbar wurde und hielt inne.

Ich spritzte, zwischen ihren Möpsen steckend in die Falte, spritzte, bis an ihren Hals, spritzte...

Norma bäumte sich auf und schrie."

„Und dann?"
„Was?"
„Wie war es bei der nächsten Begegnung?"
„Wieder verzichteten wir auf irgendwelche Wichsvorlagen!
Es handelte sich um eine Idee Normas!

Na gut, wenn sie jegliche Wichsvorlagen verzichten wollte, dann musste sie wissen, was sie tat.
Ich kniete mich auf den Tisch und bemühte mich, eine Erektion zu vermeiden, denn immerhin erwartete ich, eine aufgeilende visuelle Stimulation durch Norma. Sie stand vor mir und hob ganz dezent ihr Hemd, sie trug tatsächlich ein Hemd, das jede andere Frau als Kleid benutzt hätte, Millimeter für Millimeter langsam hoch. Ich sah dem Saum des Hemdes zu, wie er an ihren Oberschenkeln hinaufglitt und deutlich, wie sich mein Schwanz aufrichtete, als wolle er dem aufsteigenden Saum folgen, wie der Zeiger einer Turmuhr morgens der aufgehenden Sonne.
Sie grinste.

"Auf was wartest du? Wichs dir einen ab!"
"Vielleicht könntest du das Hemd noch einige wenige Zentimeter..."
"Vielleicht!"
Sie kam einen Schritt näher und hob das Hemd mit einem Ruck bis zum Bauchnabel.
"O Mann!"
"Was heißt hier o Mann?"
"Na gut, o Frau!"
Vor mir auf dem Tisch war noch reichlich Platz frei. Sie legte sich vor mir hin und ließ mich alles sehen, was ich so lange begehrt hatte.

Sie lag vor mir auf dem Rücken und hatte ihr Hemd hochgezogen, um mir ihr Dreieck zu präsentieren. Die Beine spreizte sie und sah mich aufreizend an. Ich kniete zwischen ihren gespreizten Beinen und begann zu wichsen.
"Los! Los, Alter mach schon, wichs mir die Möse voll! Spritz mir auf die Möse!"
Ich starrte gebannt zwischen ihre Beine und tat was ich konnte.
Sie hob ihren Hintern hoch, um so ihre Fotze in der Nähe meiner Augen zu platzieren.
Leider hatte ich ihr versprochen, sie erst zu berühren, wenn sie wollte. Diese Vereinbarung galt auch für die Zunge.

Ich wichste immer schneller.
Sie senkte ihr Becken wieder auf die Tischplatte nieder.
„Spritz mir auf die Fotze! Ich will den Saft einmassiert haben!"
„Wenn du mich einmassieren lassen würdest!"
„Nein! Aber spritz doch endlich! Wichs schneller! Ich will, dich spritzen sehen, wie du noch nie gespritzt hast!"
Ich spritzte tatsächlich über ihr Dreieck.
Ich spritzte zwischen ihre Beine.
Ich spritzte auf ihre Oberschenkel.
Sie zog ihre Schamlippen auseinander und ich spritzte sie voll.
Das war's.
Sie begann meinen Saft zu verteilen und rieb ihn sich in die Haare, zwischen die Beine, in die Fotze, die sie nun noch weiter auseinanderzog und zu stimulieren begann.
Sie tat es tatsächlich.
Ich hatte sie schon einige Male darum gebeten.
Ja, ich wusste, sie tat es zu Hause.
Aber nun...
Nun tat sie es vor meinen Augen, wie ich es vor ihren Augen getan hatte.
Meine Latte hatte ich immer noch in der Hand.

Ich merkte eine leichte Versteifung.
„Ja, los wichs!"
Sie begann mit schnellen gekonnten Bewegungen ihren Kitzler zu bearbeiten.
Ich begann ebenfalls zu wichsen.
„Wichs mich voll!"

Evangelos schwieg.

Nach einiger Zeit hörte er wieder Desirées Stimme.

„Hat sie dir nie einen runtergeholt?"
„Doch!

„Ist das eine Erektion?"

Norma deutete auf meine Hose, in der sich deutlich die Schwellung meines Penis abzuzeichnen begann.

„Komm, eine Erektion darf man nie nutzlos vergehen lassen!"

Sie zog ihre Bluse und den BH aus, was zur Folge hatte, dass meine Erektion noch weiter zunahm.

„Zieh deine Hosen aus!"

Wer konnte bei dieser Aufforderung schon widerstehen?

Norma legte sich auf den Boden und griff ihre Brüste.

„Komm her! Es gibt so viele Dinge, die wir noch tun sollten, bevor wir den Koitus praktizieren werden!"

Ich kniete mich über sie, dass mein erigierter Penis über ihren Brüsten schwebte.

Sie ergriff meine Hände und führte sie zu ihren Brüsten.

„Komm, knete sie!"

Mit einer Hand ergriff sie meinen Sack.

„Knete sie, ich werde dir einen fertig machen!"

„Und was ist mit dir?"

„*Vielleicht werde ich masturbieren!*"
Meine Hände begannen vorsichtig ihre Brüste zu kneten und ihre andere Hand ergriff meinen Schwanz um mit aufreizender Langsamkeit das gewohnte Auf- und Nieder zu beginnen.

Ihre Brüste fühlten sich so gut, so rund, so weich und doch hart, so fest...

Norma spreizte während sie mir einen wichste zuerst den kleinen Finger ab.

Dadurch änderte sich der 'Masturbationsradius' um einen Zentimeter.

Als sie auch noch den Ringfinger abspreizte, befanden sich nur noch ein Daumen, ein Zeige- und ein Mittelfinger zur linken und zur rechten meines Penisschaftes.

Ihre Bewegungen wurden schnell und kurz.

Ich wurde an die ersten Wichsversuche diverser Freundinnen und anderer Damen erinnert, obwohl ich genau merkte dass da bei Norma richtige Profession dahinter stecken musste.

Ich starrte auf ihre prallen Brüste, die sich unter meinen Händen verformten.

Spürte den Zeitpunkt immer näher kommen, nachdem es kein Zurück mehr geben würde, spürte, wie dieser Zeitpunkt fast erreicht war, dieser Zeitpunkt, von dem ich wollte, dass er nie enden wolle.

Wollte, sie würde nie und nimmer aufhören würde mich wichsen bis der letzte Tropfen herausgeschleudert worden wäre.

Und sie wichste!

Sie wichste, bis es mir kam, hörte nicht auf, mich zu wichsen, als dann nichts mehr kam, ließ ihn in ihrer Hand erschlaffen und sah mir dabei tief in die Augen.

„Hast du dir irgendwann auf einer speziellen Playmate einen fertig gemacht? Ich habe seinerzeit meinen Vater beim Wichsen erwischt, damals handelte es sich bei ihm um eine Penthausausgabe mit Brigitta Cimaroli. Später hat er mir erzählt, dass er sich regelmäßig auf ihr einen runter geholt hat, weil sie ihm einfach gefiel."
„Wenn du mich so fragst, fällt mir einfach nur Lisa Forward ein, *sie* war Playboyplaymate 12/90!"
„Und auf dieser Lisa Forward hast du dir öfter einen fertig gemacht?"
„Nein, nicht auf Lisa Forward, sondern auf dem Titelbild dieser Playboyausgabe! Und das wusste Jutta!"
„Von einer Jutta hast du mir bis jetzt noch nicht erzählt!"
„Ja, das stimmt, aber ich werde dir alles sagen, was ich mit dieser Jutta erlebt habe! Sie war die Schwester eines meiner Freunde und irgendwann kam sie in mein Zimmer und erwischte mich mit diesem Titelbild!"
„Hat sie geblättert, wie Norma?"
„Nein, sie ist einfach rausgegangen und hat nie über diesen Vorgang geredet!"

„Und du, hast du mit ihr darüber gesprochen?"
„Nein, nur hatte ich dann irgendwann Geburtstag und sie hat mich eingeladen! Wir hatten in einem teuren Hotel gegessen und einiges an Wein getrunken und dann überraschte sie mich damit, dass sie sagte, sie hätte ein Zimmer für uns geordert und dass wir die Nacht da bleiben würden!"
„Und vorher war nichts gewesen?"
„Nichts, absolut nichts!"

Jutta stand mitten im Raum, in diesem Hotel, das einige Klassen über meinem Preisniveau lag.
Ihr Kleid war wirklich atemberaubend.
Gegenüber von der überdimensionalen Liegewiese, denn als Bett konnte man nur eine Liegestatt bis zu vier Quadratmetern bezeichnen, befand sich ein Wirlpool, oder genauer ein Zwischending zwischen Wirlpool und Badewanne.
Mit dem Glas in der Hand ließ Jutta soeben Wasser ein.
Sie sah mich an.
„Komm her, Alter!"
Sie schüttete den Rest des Camparis in das aufschäumende Wasser.
„Ich will dich!"
Sie sah mich abschätzend an.
„Vielleicht willst du ja auch mich!"

Wortlos ging ich auf sie zu und drückte sie an mich.

Sie schob meine Hände zur Seite, die Hand an ihr Kleid legen wollten und schüttelte verheißungsvoll den Kopf.

Eine schwarze Infrarotfernsteuerung erschien in ihrer Hand, auf der sie einen Knopf betätigte, leise Musik erklang.

Die Fernsteuerung warf sie achtlos auf die Liegewiese und begann mich ganz langsam auszuziehen, als hätte sie alle Zeit der Welt für sich.

Fasziniert sah ich ihre Anatomie, die sich unter dem Kleid abzeichnete und von der mir bald nichts mehr verborgen sein würde.

„Mich zu bumsen dauert lange, sehr lange, mein lieber Evangelos!"

Sie sagte es, als sie meine Hose heunter schob, meine Erektion schien sie nicht im Geringsten zu beeindrucken.

„Habe ich dich so geil gemacht?"

„Offensichtlich!"

„Wenn ich es tue, dann tue ich es wie ein Buddhist, langsam und bewusst."

Ich atmete tief durch, aber sie berührte mich nur, wenn es sich während des Entkleidens nicht vermeiden ließ.

Nach einer halben Stunde stand ich nackt vor ihr, mit einer gewaltigen Erektion, von der ich hoffte, sie noch lange anhalten zu können.

Sie hielt meine Hände zurück, als ich einen weiteren Versuch startete, sie zu berühren.

Langsam und bedächtig schob sie mich zu dieser obskuren Badewanne und ließ mir keinen Ausweg mehr, als hinein zu steigen.

Als ich eine einladende Geste machte, schüttelte sie nur den Kopf.

„Ich bin gleich wieder da und - hol dir keinen runter, es wäre schade!"

„Alles klar, Jutta, einen runter holen, wird sofort gemacht!"

„Du Schuft!"

Sie verließ den Raum und machte sich auf dem Weg an dem Kleid zu schaffen, das ohne großen Aufwand zu Boden fiel.

Drunter hatte sie nichts, aber auch gar nichts an gehabt.

Ich hatte den ganzen Abend mit einer Frau verbracht, die unter ihrem Kleid, ihrem einzigen Kleidungsstück nackt war...

Das hätte ich wissen müssen...

Ich entspannte mich in der Wanne und harrte der

Dinge, die da kommen würden.

Diese Wanne, in der ich lag, war nicht sonderlich breit, meine Schultern zumindest, hatten beide Kontakt zum Wannenrand. Trotzdem war sie sicherlich groß genug, um noch einige Leute zu beherbergen, denn sie verfügte über drei Ausbuchtungen, der nicht unähnlich, in der mein Oberkörper lag.

Die Tür, hinter der Jutta verschwunden war, öffnete sich.

Ich wurde verrückt!

Sie kam herein, wie Lisa Forward und blieb gleich hinter der Tür stehen, um ihren Anblick auf mich wirken zu lassen und meine Verblüffung zu genießen.

Sie lachte.

„Du kannst dich an Lisa erinnern!"

Ich konnte nur nicken.

„Ich habe mir auch eine Playboyausgabe gekauft und mir die entsprechenden Klamotten besorgt, wenn ich es mache, dann will ich es auch so machen, saß wir beide etwas davon haben und vielleicht gefalle ich dir ja so!"

„Du hast recht, vielleicht gefällst du mir aber auch ohne dieses Outfit! Woher wusstest du, dass ich mir schon oft auf Lisa einen gewichst habe?"

„Da kannst du recht haben! Jedenfalls fänd ich es gut, wenn du es mit mir machen würdest, aus welchem Grund auch immer!"
„Das kann ich mir vorstellen!"
Ich nahm mir die Zeit, sie genauer zu betrachten! Die wallenden Haare berührten beiderseits ihre Schultern; die durchsichtige schwarze Bluse bedeckte die Arme bis zu den Ellenbogen und klaffte weit genug auseinander, um zwei prächtige Brüste zum Vorschein zu bringen, die an den Seiten von der Bluse umrahmt wurden; zwei erigierte Brustwarzen schienen schon meiner Zunge entgegenzufiebern; die Taille wurde unter den Brüsten von einer Korsage bedeckt, die nach unten über zwei Spitzen verfügte, die die Strapsbänder hielten; die Strapsbänder führten trapezartig nach unten und hielten die ebenfalls schwarzen Strümpfe; die Unterseite der Korsage, die beiden Strapsbänder und die Oberkanten der Strümpfe bildeten ein unregelmäßiges Sechseck, in dessen Mitte ein dunkles Dreieck aus Haaren auf der Spitze stand und meine Blicke so magisch anzog, dass ich nicht in der Lage war, auch nur einen Sekundenbruchteil wo anders hinzublicken!

Am oberen Rand meines Gesichtsfeldes entdeckte ich, zwei schwarze Handschuhe in denen ihre Hände steckten, die sie provokativ in die Hüften stemmte.
Mein Atem ging schwer!
Meine Erektion begann zu schmerzen!
Mit langsamen wiegenden Schritten kam sie näher.
„Aber lass deine Hände weg, du wirst noch genug Gelegenheit haben, mich anzufassen!"
Mit einem schnellen Schritt schwang sie ein Bein über die Wanne und drückte mir das langersehnte Dreieck ins Gesicht, ließ dadurch meine Lippen und meine Zunge in der feuchten Wärme ihrer Fraulichkeit versinken.
Ich kann nicht sagen, wie lange ich sie stimulierte, ob sie einen oder mehrere Orgasmen hatte, ich weiß nur, ich machte es, bis meine Zunge lahm war und sie sich nach hinten in die Wanne sinken ließ.
„Robert Anton Wilson redet immer von einem Lobster Blueburger Aroma! Ich glaube, ich weiß nun, was das ist, Jutta!"
Zwischen ihren leicht gespreizten Beinen ragte mein erigierter Penis hervor.
Als sie ihn in ihre Hände nahm, wurde ich fast

verrückt.
Sie schob die Vorhaut so weit wie möglich zurück, hob ihr Becken an und führte ihn kurzentschlossen ein, in ihre glitschige Spalte, bis es tiefer nicht mehr ging.
Sie richtete sich auf und saß nun auf mir.
„Nein, beweg dich nicht! Ich will dich in mir fühlen, wie beim tantrischen Sex!"
„Ich weiß nicht, wie lange ich das aushalten soll!"
Sie lachte.
„So lange er steht!"
Mit lasziven Bewegungen zog sie ihre Handschuhe aus und warf sie neben die Wanne.
„Willst du mich nun mit einem Striptease verrückt machen, obwohl ich schon bis zum Anschlag in dir stecke?"
„Vielleicht geht dir ja einer ab dabei!"
„Mit Sicherheit nicht, mir geht nur einer ab, wenn ich es auch will!"
„Ich weiß, aber vielleicht willst du ja!"
Sie zog ihre Bluse aus und warf sie hinter den Handschuhen her.
Die Strapsbänder löste sie und öffnete die Korsage hinter ihrem Rücken, um sie aus der Wanne zu entfernen.
„Nun, Alter, noch eine Etage tiefer!"

Sie drückte den Rücken durch und beugte sich über mich.
Tatsächlich fühlte ich, mich noch tiefer in sie eindringen, versinken in ihrer Herrlichkeit.
„Oh!"
Juttas Augen saugten sich in den Meinen fest.
Meine Hände berührte sie zum ersten Male. Ich ergriff ihren Hintern und drückte ihre Muskulatur zusammen.
Mit langsamen Bewegungen rutschten meine Hände an ihren Flanken hinauf, wo vor Minuten noch die Korsage gewesen war.
Sie beugte sich vor und steckte mir die Brustwarze einer Brust in den Mund, die ich augenblicklich zu bearbeiten begann. Meine linke Hand ergriff die andere Brust und tat das Ihre.
Mit der Rechten knetete ich ihren Hintern.
Ich tat es so lange, bis sie gekommen war und entschlossen aufstand.
Sie stieg aus der Wanne, zog ihre Strümpfe aus und stand nun erstmals nackt vor mir.
Mit schnellen Griffen drückte sie einige Knöpfe an der Wanne. Ein Rauschen erklang und irgendwas hob meinen Hintern an, bis mein Becken weit aus der Wasserfläche ragte.
Jutta stieg in die Wanne und schob meine Beine

auseinander, zwischen die sie sich kniete.

Sie nahm ihn in den Mund und begann, unerträglich langsam, mir einen zu blasen.

Ihre Haare verdeckten mir die Sicht und ringelten sich auf meinem Bauch, strichen über meinen Sack und meine Oberschenkel.

Sie blickte auf und sah mir in die Augen.

„Ich will, saß du jetzt spritzt! Los, spritz mich an, ich will dich trinken!"

Sie nahm ihn wieder in den Mund und ergriff meinen Sack mit einer Hand.

Ich hielt mich nicht mehr zurück, schloss die Augen und ließ mich gehen.

Ich kam!

Sie versuchte wahrscheinlich auch noch den letzten Tropfen aus mir herauszusaugen und legte sich auf mich, als mein Penis erschlaffte.

Mit einem Knopfdruck ließ sie meinen Hintern wieder in die Tiefen der Wanne sinken.

Ihre Zunge drückte sich in meinen Mund, den ich für sie öffnete.

Der Kuss war lang und nahm uns den Atem.

Wir küssten uns zum ersten Mal."

„Schön, das hat mir gut gefallen! Du hast also nicht nur einmal ein sexuell motiviertes Geburtstagsgeschenk erhalten!"

*

„Warum erzählst du mir nicht 'mal zur Abwechslung eines deiner Erlebnisse?"
„Was für ein Erlebnis? In einem Hotelzimmer?"
„Ja, warum nicht?"
„Gut, warum nicht?"

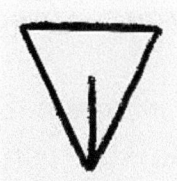

„Ich war auf Ibiza und hatte einen Typen getroffen, den ich nur als einen Traum von einem Mann bezeichnen konnte.
Während des Essens hatten wir zwei Flaschen Wein getrunken und danach begleitete mich Pasquale in mein Zimmer.
Ohne etwas zu sagen verschwand er im Badezimmer und nach kurzer Zeit konnte ich das Rauschen des Wassers der Dusche hören.
Ich ging an den Schrank, in den ich meine Sachen gehängt hatte.
Da ich vor dem Essen geduscht hatte, zog ich mich aus und suchte mir ein Kleidungsstück, von dem ich annahm, es würde zum gewünschten Erfolg führen.
Andererseits war es eigentlich schon sehr unwahrscheinlich...
Immerhin stand er unter meiner Dusche.
Als einziges Kleidungsstück trug ich ein langes

rotes T-Shirt, als ich auf den Balkon ging, das mir, wenn ich gerade stand, vorne bis zum Haaransatz reichte.

Die Beleuchtung in meinem Zimmer hatte ich so gestellt, dass der Balkon von Innen nur mäßig beleuchtet wurde.

Wenn er aus dem Badezimmer kam, sollte er meine Silhouette auf dem Balkon erkennen können, die durch die Straßenbeleuchtung erhellt wurde und die Besonderheit meiner außer dem T-Shirt nicht vorhandenen Kleidung, nur erahnen.

Ein kühler Wind wehte mir entgegen.

Meine Position und Stellung auf dem Balkon wählte ich sehr genau.

Mit verschränkten Armen stützte ich mich auf der Balkonbrüstung ab, während meine Beine weiter hinten standen.

Unter meinem Balkon herrschte das übliche Getümmel.

Ich stellte meine Beine gerade weit genug auseinander, um es nicht provozierend wirken zu lassen, sondern erotisch.

Der kühle Wind strich mir durch die Haare, ich spürte ihn sehr kalt in meiner Spalte.

War ich schon vor lauter Erwartung so feucht geworden?

Obwohl ich kein Geräusch gehört hatte, war ich nach einiger Zeit sicher, dass Pasquale hinter mir stehen musste. Er stand sicher hinter mir, nackt, vielleicht mit einer Erektion und betrachtete mich von hinten.
Ich rührte mich nicht.
Fast schon körperlich glaubte ich seine Blicke zu verspüren, Blicke, die an meinen Beinen langsam nach oben krochen.
Er musste meinen nackten Hintern sehen.
Die Gewissheit seiner Erektion ließ meine Erregung weiter anwachsen.
Was würde er tun?
Würde er mich auf der Stelle von hinten Stoßen, so wie ich hier stand?
Würde er mich auf mein Bett tragen und wortlos in mich eindringen?
Mir war egal, was er tat, Hauptsache er tat es!
Meine Spannung wurde so groß, ich hätte mich fast umgedreht, um die Initiative zu ergreifen.
Ich stellte mir vor, wie ich seinen erigierten Schwanz ergriff und in den Mund nahm.
Nichts geschah!
Ich begann schon daran zu zweifeln, ihn nun überhaupt hinter mir stehen zu haben, als ich über meinem Hintern das plötzliche Gefühl

aufkommender Wärme spürte. Diese Wärme konnte ich mir nicht eingebildet haben. Er hauchte mich an.

Anhauchen der Michaelisraute!

Ich schloss meine Augen.
Das Gefühl der Wärme begann sich langsam zu bewegen.
Es ging unaufhörlich an der Außenseite meines rechten Beines hinunter, durch die Kniekehle, um kurze Zeit später in meiner linken Kniekehle wieder aufzutauchen.
Das Gefühl der Wärme kroch langsam an meinem linken Oberschenkel herauf.
Doch da war etwas anderes!
In das Gefühl der Wärme hatte sich die Empfindung einer flüchtigen Berührung gemischt.
Ich spürte etwas an der Hinterseite meiner Oberschenkel.
Ja, ich spürte es ganz deutlich.
Zwei Hände glitten langsam an den Hinterseiten meiner Oberschenkel herauf, bewegten sich vor erreichen des Hinterns wieder nach außen, um sich in der Michaelisraute zu treffen.
Zwei Hände griffen nach meinem Hintern.

Kreisende Bewegungen. Knetende Hände.
Ich atmete tief durch.
Große warme Hände glitten immer großflächiger an den Außenseiten meiner Oberschenkel hinab.
Große warme Hände glitten immer näher an den Innenseiten meiner Oberschenkel wieder herauf, griffen meinen Hintern, ja griffen meine Hüften, bis ich mit dem ersten Stoß rechnete.
Große warme Hände teilten ihr Wirken auf.
Während die eine Hand an meinem Bauch hinaufglitt, auf der Suche nach meinen Brüsten, griff die andere Hand zwischen meinen Beinen durch, um meinen Bauch zu ergreifen.
Ein Stöhnen konnte ich nun nicht mehr unterdrücken.
Ich schob mich von der Brüstung zurück, um seiner Hand entgegenzukommen, die nach oben tastete und ergriff seine andere Hand, um sie vorsichtig zurückzuschieben, Finger glitten durch meine Haare in meine Spalte.
Ich begann mein Becken zu bewegen, um die Finger richtig intensiv zu spüren.
Die andere Hand erreichte ihr Ziel.
Ich machte einen kleinen Schritt nach hinten und beugte mich nun weiter nach vorne.
Eine Hand löste sich von meiner Brust und die

Finger in meiner Spalte hielten inne.
Da spürte ich einen neuen Finger, einen größeren.
Er schob ihn ganz langsam durch meine Spalte und drang dann gefühlvoll in mich ein.
Heiß und ausfüllend war er in mir.
Eine Hand fand zurück zu meiner Brust, während die andere nun von vorne in meine Haare griff.

Keine Penetrationsbewegung!

Als er mich nicht bumste, war es mit meiner Bewegungslosigkeit vorbei.
Ich hielt mich an der Balkonbrüstung fest und zog mich nach vorne, schob mich zurück...
Seine Hände machten die Bewegungen nicht vollständig mit und stimulierten meinen Körper, wo sie waren.
Sein Penis stand fest, wie ein Poller.
Ich stieß mich zurück, riss mich nach vorne und spürte alles in mir vibrieren."

„Du hast eben erzählt, wie es mit der Schwester deines Freundes war! Als du das so erzähltest, fiel mir mein Cousin Gilbert ein, den ich immer während der Ferien mit meinen Eltern im Haus seiner Eltern auf Samos besuchte!"
„Du warst auf Samos!? Eine der schönsten griechischen Inseln!"
„Da hast du wirklich recht Evangelos! Jedes Jahr in den Ferien verbrachten wir einige Wochen bei den Eltern meines Cousins und zwischen Gilbert und mir hatte sich eine lange andauernde Freundschaft entwickelt.

Wir hatten aus beruflichen Gründen unserer Eltern drei Jahre keine Möglichkeit mehr gehabt, gemeinsam in dem Haus, das eigentlich Gilberts Mutter gehörte zu wohnen. Obwohl wir jedes Jahr dagewesen waren, was auch auf Gilbert und seine Familie zutraf, hatten wir uns in diesem Jahr drei Jahre lang nicht mehr gesehen.

Diese drei Jahre aber hatten zu den wesentlichen unserer körperlichen Entwicklung gehört.

Da wir so lange ich mich erinnern kann immer sehr freizügig erzogen worden waren, dachte ich mir nichts dabei, mich nackt unter die gespannte UV-Schutzfolie zu legen, die den Sinn hatte, die schädlichen Anteile der UV-Strahlung auszufiltern.

Ich las in einem Buch das meine sexuelle Fantasie anregte.

'Joyce Tick!'

Ich hatte total vergessen, dass an diesem Tage Gilberts Familie eintreffen sollte.
Während mich die Worte in dem Buch sexuell immer stärker erregten, glitt unbewusst meine Hand an meiner Flanke hinunter, um sich durch die dichtwachsenden Haare meines Venushügels zu fingern.
Fingern war der richtige Ausdruck, denn mit kraulenden Bewegungen näherten sich meine Finger unbewusst immer weiter der Spalte, deren Streicheln mir tägliche Genüsse verschaffte.
Wo ich auch immer zu Hause war, konnte ich mich ungeniert selber befriedigen, denn meine Mutter tat es auch, ohne sich dabei zu verstecken und meinen Vater hatte ich auch schon einige Male mit einer Penthausausgabe erwischt."

„Aber du hattest doch erzählt, dass diese MasSes das erste Mal war..."

„Stimmt, wenn man die Mitglieder meiner Familie nicht mit zählt! Ich legte also das Buch beiseite und dachte an den Protagonisten des Buches, an seine Hände, die meinen Körper streichelten, an seine Stimme, die zu mir sprach und spürte Finger, von denen ich seit Jahren *befriedigt wurde, die vorsichtig,* wie immer, *in meine Spalte glitten - deren Feuchtigkeit schon an den Innenseiten der Oberschenkel zu spüren war - genau den Punkt fanden, der mir größte Genüsse verschaffte und ging zu schnellen kreisenden Bewegungen über, die mich in immer größere Räume der Lust beförderten, die mir alles das gaben, was mir irgendwann einmal ein Mann geben sollte.*

Ich spürte wie mir der Schweiß ausbrach, mein Atem wurde schwerer und, auch wenn ich es nicht mehr so genau weiß, ich muss gestöhnt haben, weil ich dabei immer stöhne.

Mit geschlossenen Augen brachte ich mich zum Orgasmus und hörte erst auf, meine Klitoris zu stimulieren, als die Wellen der Lust aufhörten.

„Danke für die Vorführung!"
Der Schreck fuhr mir in die Knochen.
Die Stimme hatte weder meiner Mutter noch meinem Vater gehört.

Ich riss die Augen auf.
Wer sonst hätte in diesem Haus sein können?

Auf dem Balkon über mir stand jemand, der mich entfernt an Gilbert erinnerte.
Jahre waren vergangen.
„Gilbert?"
„Ja, dann kannst du nur Desirée sein!"
Er hastete die Treppe zu mir runter.
Ich wagte nicht, ihn zu fragen, wie lange er schon da oben gestanden hatte."

„Aber das kann doch nicht alles gewesen sein!"

„Stimmt, Evangelos, da war noch mehr.
Gilbert verlor kein Wort über meine Masturbation, sondern zog sich aus, um sich zu mir in die gefilterte Sonne zu legen.
Seinen Penis sah ich zum ersten Mal, seit ich ihn kannte erigiert.

Das heißt, dass er zum ersten Mal vor meinen Augen über eine Erektion verfügte.

Er sah mich an, während ich auf seinen aufgerichteten Penis starrte.

Ich spürte deutlich, dass er nur Augen für meine Brüste hatte und bemerkte, dass sich in meinen Brustwarzen ein Gefühl der Spannung einstellte. Sie richteten sich auf, ohne dass ich es gewollt hatte.

Gilbert setzte sich auf den Rand meiner Liege und griff zuerst zögernd und als er keine Gegenwehr bemerkte, beherzt nach meiner ihm zugewandten Brust.

Während seine linke Hand meine Brust streichelte, ergriff seine rechte scheinbar gedankenverloren seinen aufgerichteten Penis, um damit zu beginnen, ihn auf und nieder zu bewegen. Er wurde dabei immer schneller und brauchte keine Minute, bis sich seine Augen schlossen und unter einem verhaltenen Stöhnen die erste Ladung Ejakulat aus seinem Körper eigenen Freudenspender hervor spritzte.

Seine Hand auf meiner Brust hielt inne.

Seine Rechte machte noch einige wenige langsame Auf- und Niederbewegungen, die das heraus Schleudern des Ejakulates nur begleiteten, nicht

aber unterstützten, wobei er sich versteifte.
Innerhalb weniger Sekunden erschlaffte sein Penis in seiner Hand.
Er ließ meine Brust los und sah sich die Wichsflecken an, die auf der Liege und dem Boden zu sehen waren."

„Bist du zur Zeit mit einer Frau zusammen?"
„Nein! Ich war es, bis vor zwei Wochen! Allerdings habe ich schon bereut, dass ich es nicht mehr bin, denn Bernardette fehlt mir nun doch sehr!"
„Erzähl mir etwas von ihr!"

„Wir hatten die Nacht auf dem mittleren der Externsteine verbracht und warteten auf den Sonnenaufgang.

Die Externsteine findet man in Europa, im conföderierten Deutschland, mitten in Nordrheinwestfalen, in der Nähe eines Ortes namens Detmold.

Während ich durch das Loch sah, es soll angeblich von einem Eremiten mit primitiven Werkzeugen in den Fels geschlagen worden sein, begann Bernardette an mir rumzufummeln.

Ich saß auf einer Steinbank und neben mir hatte bis vor einigen Sekunden Bernardette gesessen, doch nun hatte sie sich auf den Boden gekniet, ja sie schien wild entschlossen zu sein, mir einen ab zu wichsen, oder zu blasen, denn sie näherte sich mit ihren Händen dem Reißverschluss meiner

Hose.
Ich trug eine Levis 501, die es normalerweise gar nicht mit Reißverschluss gab, aber sie hatte alle meine Hosen zu einem Schneider getragen, der die Knöpfe gegen Reißverschlüsse eingetauscht hatte, der besseren Verfügbarkeit wegen, *hatte sie gesagt.*
Was für eine Gegenleistung verlangte sie?
Bernardette zog den Reißverschluss einfach runter. Sie schien sicher zu sein, dass wir nicht gestört werden würden.
Von hier oben konnte man ganz genau sehen, ob jemand von unten kam.
Und ich bin überzeugt, wenn jemand von unten gekommen wäre, hätte sie es geschafft, mir einen abzuwichsen, bevor dieser Jemand bei uns gewesen wäre und sie hätte wieder unschuldig neben mir gesessen, als wäre nichts gewesen.
Eigentlich war ich nur mit Bernardette zusammen, weil sie bei jeder sich bietenden Gelegenheit meinen Schwanz rausholte um mir einen abzuwichsen oder zu blasen. Sie behauptete, das sei gut für ihr Sexualleben, weil ich immer oft genug befriedigt wurde und somit beim Bumsen länger konnte. Vielleicht hatte sie ja recht. Jedenfalls holte sie mir mehrmals täglich einen

runter und vor dem Bumsen vielleicht auch zwei, dann wollte sie von mir gefickt werden, so nannte sie es, bis sie bewusstlos wurde.
Nun holte sie meinen schlaffen Schwanz raus.
„O, der hat ja gar keine Form!"
„Kein Wunder, du hast ihn ja eben noch gemolken!"

Bernardette war eine Frau, wie sie sich jeder einigermaßen potente Mann wünschte. Sie war immer und überall bereit. Wenn ich eine winzige Andeutung machte, wurde mir sofort einer geblasen."

„Willst du etwa behaupten, dass es dir lästig war?"
„Nein, im Nachhinein betrachtet nicht, aber immerhin weiß ich ja gar nicht, ob ich überhaupt noch Mal die Gelegenheit haben werde..."
„Aber es würde mich interessieren, ob du bei dieser Norma dann doch endlich zum Schuss gekommen bist!"
„Ja, bin ich!"
„Erzähl!"

„*Dieser Tag war einer der Tage, die man am besten schnell wieder vergisst, einer jener Tage, an denen man kein einziges Erfolgserlebnis für sich zu verbuchen hat, einer jener Tage, die man am besten sofort aus seiner Erinnerung streicht.*

Dieser Tag war ein Tag, an dem andere zur Flasche gegriffen hätten, um sich so sinnlos wie nur möglich zu besaufen.
Ich fand keinen Schnaps im Kühlschrank.
Der Fernseher flimmerte - Kabelprogramme!
Immer wenn man es braucht, senden sie alles andere...
Ich schaltete um, was das Zeug hielt.
Nicht eine anständige Frau, auf der man sich einen fertig machen konnte.
Ich war nach Hause gekommen, um mir einen

abzuwichsen und dann ins Bett zu gehen, ja ich war nach Hause gekommen, um mir an diesem Abend wenigstens die Freude einer winzigen Ejakulation zu gönnen.
Nichts, absolut nichts!
Warum sendeten diese Sender nicht 'mal etwas aufgeilendes, wenn man es brauchte?
Vielleicht sollte ich mich an die Ereignisse auf der MasSes bei Ulrike erinnern und daran aufgeilen.
Das Telefon begann zu kreischen.
„Ja!"
Pause.
„Ach, Norma!"
Pause...
„Ja, schön, dass du anrufst!"
Pause...
„Nein, ich bin gerade nach Hause gekommen!"
Pause...
„Eigentlich nichts, ich bin ziemlich kaputt!"
Pause...
„Am Bahnhof?"
Pause...
„Kein Problem!"
Pause...
„Zehn Minuten, vielleicht fünfzehn!"
Ich legte auf, sprang in meine Hose und hatte das

Apartment schon verlassen.
Den Bahnhof erreichte ich in Rekordzeit.
Norma stand in der Nähe einer Telefonzelle und ging, als sie meinen Wagen erkannt hatte, zur Straße.
Ich hielt an.
Sie stieg ein.
„Vielen Dank, dass du gekommen bist, du hast mir gefehlt!"
„Du hast mir auch gefehlt! Als ich eben zu Hause war, musste ich an dich denken!"
„Das finde ich nett von dir."
Meine Verwunderung war unbeschreiblich, als ihre Hand von meinem Knie an der Innenseite meines rechten Oberschenkels nach oben glitt, um von außen vorsichtig meine Eier zu ertasten.
Mit einer Hand öffnete sie meine Hose.
„Was wird das, wenn es fertig ist?"
„Das übliche!"
Sie holte meinen Schwanz aus der Hose.
„Nein, nicht anhalten!"
„Aber..."
Sie brachte meinen Schwanz zum Stehen.
Noch nie hatte sie ihn mit ihren Händen angefasst.
Warum musste sie es ausgerechnet in einer

solchen Situation tun?
„Halt doch lieber 'mal kurz an, es ist besser, wenn du die Hose ausziehst!"
Ich hielt tatsächlich an und zog meine Hose aus. Immerhin war es dunkel, daher war nicht zu erwarten, man könne uns sehen.
Nun saß ich neben Norma und hatte einen gewaltigen Ständer und keine Hose an.
„Fahr doch los! Je schneller wir zu Hause sind, desto besser!"
Sprach 's und begann, mir einen abzuwichsen.
„Aber wenn du mir einen fertig machst, dann..."
Ich fuhr los.
„Wenn ich dir einen fertig gemacht habe, kann ich sicher sein, dass du nicht sofort los spritzt!"
„Soll das heißen, du erwartest von mir, dass ich immer vorher wichse!?"
„Klar!"
Sie wichste mir tatsächlich so eindeutig zielgerichtet einen ab, es bestand nicht der geringste Zweifel - sie wollte mir einen Abgang verschaffen, so schnell wie möglich.
„Stopp, so kann ich doch nicht fahren!"
Sie rutschte ein Stück näher und griff nach dem Lenkrad.
„Doch!"

Ihre Hand wurde schneller.
Ich tat alles was ich konnte, um eine Ejakulation zu vermeiden.
„Du musst dich entspannen!"
Ich schaffte es tatsächlich bis auf den Parkplatz.
„Na gut, dann mache ich eben auf dem Weg weiter!"
Wir gingen rüber zum Haus.
Ich ohne Hose und Norma meinen Ständer in der Hand und wichsende Bewegungen machend.
Wir hatten Glück und begegneten niemandem.
Im Aufzug drängte sie mich in eine Ecke und schob meine linke Hand unter ihr Kleid.
Meine Hand glitt in ihre feuchte Spalte, sie stand mit gespreizten Beinen da, ohne Slip...
Das war zu viel.
Nichts ging mehr.
Ihr unablässiges Wichsen führte zum Erfolg.
Sie lenkte die einzelnen Ejakulationen an die Aufzugwand und hörte erst auf, als wirklich nichts mehr kam.
In meinem Apartment angekommen, warf sie mich auf das Bett und griff direkt wieder nach meinen Genitalien. Mit beiden Händen bearbeitete sie meinen Schwanz und den Sack.
Mein Schwanz richtete sich fast augenblicklich

wieder auf.

Wie oft hatte ich an Norma gedacht, an eine Norma, die mir einen fertigmachte und nun hatte sie es zum ersten Mal getan, hatte mir einen runtergeholt und begann sofort aufs Neue an mir herumzumanipulieren.

Irgendwann muss sie ihn dann in ihren Mund genommen haben.

Ich fühlte warme feuchte Lippen.

Meine Hände suchten nach Normas Körper und fanden ihre Schultern.

Sie ließ es zu, ließ mich von oben unter ihren Pullover greifen, ihren BH ertasteten und nach dem Verschluss suchen, ja quittierte meine Bemühungen mit intensivierten Blasbewegungen.

Der BH war geöffnet.

Norma bewegte sich und schien ihre Lage erheblich zu verändern.

Ich sah, das eine ihrer Hände den Schaft meines Penis hielt, während die andere unter ihren Rock geglitten war, um in ihrer Spalte für lustvolle Gefühle zu sorgen.

Es war nicht erforderlich ihren Slip heunter zu ziehen.

Sie trug schwarze Strapse.

Mit wenigen Handgriffen hatte sie sich ihres

Rockes entledigt, den sie weit von sich warf und schwang sich nun über mich, um mich ihre feuchte Spalte lecken zu lassen.

Alles was ich in den letzten Wochen ersehnt hatte, schien wahr zu werden.

Ich leckte sie, während sie mir einen blies.

Als sie stöhnte, konnte ich es nicht mehr ertragen.

Es strömte aus mir hervor, die Eruptionen entluden sich in ihren Mund, sie saugte und knetete und presste den Schaft, der Saft schoss hervor, sie schluckte und richtete sich auf.

Mit ihrem Becken machte sie einige Bewegungen, die mich dazu aufzufordern schienen, sie weiter zu lecken.

Das war gar nicht so einfach, denn immerhin brauchte ich eine Erholungspause, nach der zweiten Ejakulation.

Aus Liebe tat ich es, ich leckte.

Sie griff sich meinen Schwanz und begann ihn wieder zu kneten.

Es dauerte lange, bis sie ihn so hart hatte, dass sie von meinem Gesicht abstieg und sich ihres Strapsgürtels entledigte, den sie achtlos in die Richtung warf, in die sie zuvor den Rock geschleudert hatte.

„Ich weiß, wie sehr du Wert auf 'unten ohne'

legst!"

„Das stimmt, Norma!"

Ich hielt meinen Schwanz, um die prächtige Erektion zu halten und wichste ihn ein wenig, während Norma sich vorbereitete, mich zu reiten; denn nichts anderes konnte nun kommen, sie würde mich bumsen.

Sie kam näher und zog ihre Finger aufreizend durch ihre feuchte Grotte.

„Jetzt werde ich es mir machen, Evangelos! Ich werde es mir auf deiner Stange machen, wie es jede Frau machen sollte! Ich werde mit ihm wichsen!"

Sie kniete sich über mich.

Sie nahm meinen Schwanz und in die Hand und kam mit dem Mund näher um an ihm zu lutschen.

„Du bist mein Joy Stick!"

Sie hielt ihn fest und näherte sich ihm mit ihrem Haardreieck.

Die Vorhaut hatte sie zurückgezogen, die Eichel glänzte wegen ihrer Spannung und Normas Spucke.

Sie brachte ihre Spalte über ihn.

Jetzt würde sie ihn reinstecken!

Alles was ich in den letzten Wochen ersehnt hatte, würde sie nun mit mir machen.

Sie begann mit meiner Eichel in ihrer Spalte rumzukreisen und die Klitoris zu suchen.

Ihre freie Hand zog meine Hände unter ihren Pullover zu ihren Brüsten, die ich voller Begeisterung zu kneten begann.

"Erst langsam und vorsichtig! Mach es so, wie ich es mir unten mache!"

Mit langsamen Bewegungen knetete ich weiter.

Norma bewegte meinen Schwanz, wie Sandra ihren Vibrator und machte es sich mit geschlossenen Augen.

Ich verstand nun, warum sie mir zuvor einen abgewichst hatte, denn diese Bewegungen vor ihrer Spalte hätten mich alsbald zur Ejakulation geführt.

Im Grunde genommen wichste sie sich einen ab, indem sie mir einen abwichste, wobei sie sicher sein konnte, dass es mir vorerst nicht kommen würde, denn aufgrund ihrer Erfahrungen der letzten Wochen wusste sie ganz genau, wie lange es dauerte, bis ich zum dritten Mal spritzte.

Sie wusste es ganz genau, sie wusste auch genau, dass mich ihre Bewegungen noch lange nicht zum Spritzen veranlassen würden.

Mein Hände glitten hinab zu ihrem Hintern, den ich ergriff, um den Bewegungen ihres Beckens

Einhalt zu gebieten.

„Nein! Du rammst ihn mir nicht rein! Warte, bis ich es mir gemacht habe, dann werde ich dich zur Belohnung ficken!"

Ich ergriff wieder ihre Brüste und sie machte es sich weiter mit meinem Schwanz als Joy Stick.

Von Zeit zu Zeit begann sie zu Stöhnen und immer wenn sie Angst hatte, es könnte mir wider Erwarten doch kommen, machte sie eine Pause.

Ich wurde fast verrückt und als nach 'Stunden' meine Erektion begann, sich zu verflüchtigen, steckte sie ihn sich ohne Vorwarnung rein und fickte mich etwa zehn Minuten, bis ich fast den Verstand verlor.

Dann zog sie ihn raus und wichste ihn mit der einen Hand und sich mit der anderen.

„Lass mich erst fertig werden, dann kannst du mich bumsen!"

Fertig werden war gut, es drohte mir zu kommen, bevor sie mich ficken ließ.

Ich hielt ihre Hand zurück und griff nach ihrer Möse, um ihre Bewegungen zu erforschen.

Ich begleitete ihre Wichsfinger um es ihr machen zu können, wenn sie nicht mehr konnte.

Nach einer Weile legte sie sich auf den Rücken und bot mir ihre gespreizten Beine dar.

Ich leckte sie so gut ich konnte und als meine Zunge zu schmerzen begann, machte ich es ihr mit den Fingern.

Nach einiger Zeit machte sie selbst weiter und begann nach wenigen Sekunden zu schreien.

Sie sank zurück und war fast bewusstlos.

„Wenn du willst, dann mach!"

Diesen Satz hatte sie mühevoll hervor gepresst.

Ich wälzte mich über sie und steckte ihn ihr rein.

Sie zeigte keine Reaktion auf meine langsamen kreisenden Bewegungen, auf mein Stoßen und auf mein Rühren.

Nach einiger Zeit schien sie sich erholt zu haben.

„Los, spritz' ab!"

Hatte ich richtig gehört.

„Spritz' in mich rein! Ich will es! Du musst spritzen!"

Sie wurde immer lauter und ich gab mir immer mehr Mühe.

In diesem Stadium hätte ich sie bis zur Bewusstlosigkeit beider Parteien bumsen können, ohne in die Nähe eines Abganges zu gelangen.

Ich strengte mich an.

Fickte sie immer schneller, bumste was das Zeug hielt und kam endlich, nach Minuten zu dem 'Point of no return'.

Wann ich wach wurde weiß ich nicht mehr.
Ich lag auf Norma und sie schlief.
Mein Schwanz steckte noch in ihr, obwohl er geschrumpft war.
Das Licht hatte niemand von uns ausgemacht, also konnte ich sehen, wie sie friedlich unter mir schlummerte.
Mein Körper bedeckte nur ihr Becken, ihr Brustkorb konnte sich ohne Belastung heben und senken.
Ich wagte es nicht, mich zu bewegen, wollte sie nicht stören, wollte verhindern, dass mein Schwanz heraus rutschte, wollte vermeiden, dass mein Schwanz die Stelle verließ, in die ich ihn so lange stecken wollte.
Norma öffnete die Augen, erkannte mich sofort und zog ihr Becken unter meinem weg, um mich in ihre Arme zu nehmen.
Ich drückte sie wortlos an mich und ihre Lippen öffneten sich!"

„Schön hast du das erzählt, Evangelos!"
Desirée hatte er schon fast vergessen gehabt, hatte schon fast verdrängt, in welch prekärer Lage sie sich befanden.
„Wie ging es weiter, mit Gilbert?"
Evangelos lenkte sofort ab.
„Du meinst, was weiter geschehen ist, mit meinem Cousin?"
„Ja, es wird doch nicht dabei geblieben sein!"

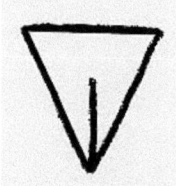

"Gilbert hatte von seinem Vater einen Buggy bekommen; ich hatte zwar noch keine Lizens zum Fahren, doch nahm man das auf der Insel nicht so genau.
Ich hatte ein dünnes luftiges Kleid übergezogen, das dem Wind nicht viel Widerstand zu bieten hatte. Der Luftzug wehte unter den Saum des Kleides; ich hatte die Beine wegen der Kupplung und des Gaspedals gespreizt. Ich spürte die Kälte des Windes deutlich in meiner Ritze, was sie feuchter werden ließ und was dazu führte, dass ich den Wind deutlicher zu fühlen bekam, was wiederum dazu führte, dass ich feuchter...
Gilbert saß neben mir und schien zu überlegen, ob ich einen Slip trug, oder nicht.
Nach einer Kurve schob ich das Kleid hoch, nachdem ich meinen Hintern aus dem Sitz erhoben hatte. Während ich mit der rechten Hand den Buggy unter Kontrolle hielt, schob ich mir mit der linken das Höschen runter. Ich ließ meinen

Hintern wieder in den Sitz sinken, wartete die nächste Kurve ab und schob den Slip weiter runter.

Gilbert schien nur noch Augen für meine Schambehaarung zu haben.

Es gelang mir, mit dem linken Bein aus dem Höschen zu schlüpfen; nach der nächsten Kurve nahm ich den rechten Fuß vom Gaspedal und zog den Slip nun völlig aus.

Diesen Slip hatte ich noch nie leiden können, so wurde er nun Opfer des Fahrtwindes, indem ich ihn über die Windschutzscheibe hob, kurz im Wind flattern ließ, wie eine Piratenflagge, um ihn dann einfach loszulassen. Im Spiegel sah ich ihn noch davonflattern.

In einem Seitenweg mit Blick auf das Mittelmeer hielt ich an und stieg aus.

Provozierend sah ich Gilbert an, der nun auch ausstieg und langsamen Schrittes auf mich zukam.

In seiner Hose sah ich eine deutliche Schwellung.

Rückwärts gehend erreichte ich die vordere Haube des Buggys und rutschte mit meinem Hintern drauf.

Gilbert blieb wie angepflockt stehen.

Mit lasziven Bewegungen zog ich den Saum

meines Kleides nach oben.
Gilbert kam einen Schritt näher.
Ich entblößte mit exibitionistischem Vergnügen meine Scham, um sie ihm nun zu präsentieren.
Als Gilberts Hände sich dem Reißverschluss an seiner Hose näherten, brauchte ich nur den Kopf zu schütteln.
Er kam weiter näher und starrte auf die Stelle meines Körpers, an der sich Mann und Frau am stärksten voneinander unterscheiden.
Noch hielt ich meine Knie geschlossen.
Als Gilbert so nah an mich rangekommen war, dass seine Hände meine Knie ergriffen, begann ich ganz langsam meine Beine zu spreizen.
Fasziniert starrte er auf den sich immer weiter öffnenden Spalt, der sich genau da befand, wo meine beiden Beine endeten.
Er kam näher und trat zwischen meine sich öffnenden Schenkel.
Als seine Hände an meinen Oberschenkeln nach innen zu gleiten begannen, zog ich sie auseinander und Gilbert näher zu mir heran, wobei ich seine Arme nach unten zog.
In seinen Augen blitzte es.
Er hatte mich verstanden.
Mit weit aufgerissenen Augen kniete er zwischen

meinen gespreizten Beinen nieder und starrte in meine Spalte, die immer feuchter wurde.

Er starrte den sich ihm bietenden rosafarbenen Spalt an, der sich in der dunklen Haarpracht abzeichnete.

Mit einem Ruck riss ich meine Beine weiter auseinander und wusste, dass sich nun die großen Schamlippen voneinander lösten, ja fühlte es förmlich, dass sich mein Spalt öffnete, dass sich alles, was ich als Frau zu bieten hatte, nun Gilbert präsentierte.

Mit beiden Händen ergriff ich seinen Kopf und zog ihn zwischen meine Beine.

Es war das erste Mal, dass ich mich richtig lecken ließ."

„Und es wird sicher nicht das letzte Mal gewesen sein!"

„Richtig, Evangelos! Ich hab ihm danach einen abgewichst und mich dabei wohl nicht besonders geschickt angestellt, jedenfalls hat er ihn nie wieder in meiner Gegenwart rausgeholt."

„Du hast also nie mit ihm gebumst?"

„Nein, nie!"

Minuten vergingen.

„Evangelos!"

„Ja!"

„Was ist eigentlich damals mit dieser Jutta im Hotelzimmer passiert, nachdem sie dir einen geblasen hatte?"

„Da war eigentlich nicht mehr viel, wir haben gebumst!"

„Erzähl!"

„Ihre Zunge drückte sich in meinen Mund, den ich für sie öffnete.
Der Kuss war lang und nahm uns den Atem.
Wir küssten uns zum ersten Mal.
Ich schob sie von mir und hob sie aus der Wanne.
Nass wie wir waren trug ich sie zur Liegewiese und legte sie auf den Rücken.
Mit meinem Mund begann ich ihren Körper langsam zu erforschen.
Ich nahm wahr, wie sie die Fernbedienung für die Stereoanlage in der Hand hielt und einen Knopf drückte.
Von ihren Brüsten aus glitt ich an den Flanken runter, seitlich an ihrem Becken vorbei bis zu den Außenseiten der Oberschenkel.
Sie quittierte meine Bemühungen mit einem verhaltenen Stöhnen.
Leise Musik erklang!

Ich erkannte die neue Fassung von Maurice Ravells Bolero, die in den letzten Wochen Furore gemacht hatte. Die Gruppe Eroticon hatte mit mehreren Syntesizern eine Fassung auf den Markt gebracht, die über eine Stunde dauerte und für erotische Begegnungen wie geschaffen zu sein schien, das zumindest behaupteten die Produzenten.

Unterhalb der Knie wechselte ich zur Vorderseite der Beine über, an der ich mich wieder nach oben arbeitete, wieder einen ausreichend großen Bogen um ihr Bermudadreieck machend - so schwer es mir fiel.

Ihre Hände krallten sich in meiner Kopfbehaarung fest und zogen mich hoch.

Meine Lippen befassten sich mit ihren Brustwarzen, ihr Stöhnen wurde immer animierender.

Ich glitt wieder an ihrem Körper herunter, um ihr Bermudadreieck zu umkreisen.

Sie spreizte die Beine und zog mich hoch.

Ich hätte schreien können, als ich in sie eindrang.

„Langsam! Du musst mich so langsam wie möglich bumsen!"

So langsam ich konnte, drang ich in sie ein, so tief ich konnte; zog ihn wieder zurück, so langsam ich

konnte, so weit wie möglich.
Nach einigen Bumsbewegungen wechselte ich über zu langsamem Kreisen, um nicht augenblicklich einen Abgang zu haben.
Ich tat es so langsam und konzentriert, wie es mir möglich war und achtete auf jede Resonanz von Jutta.
Ihr Atem ging tief und schwer.
Ich wechselte zwischen Kreisen und Stoßen.
Sie wurde lauter und machte mich verrückt.
Auch wenn ich keines ihrer Worte verstand, wusste ich doch, sie feuerte mich an.
Sie bäumte sich auf, als der Schaft meines Penis ihre Klitoris voll erwischte und schrie auf.
„Ja! Jetzt fick mich! Fick mich bis es dir kommt!"
„Ja, ich mach's!"
Ich stieß einmal zu und ließ ihn in ihren tiefsten Tiefen.
Ja!
Es war nicht mehr aufzuhalten.
Erlösend entlud ich mich in sie hinein.
Ihr schreien holte mich in die Realität zurück.
„Das müssen wir immer wieder machen!"
„Ja, Jutta vielleicht wird es uns gelingen, die ganze Länge von Eroticon durch zu bumsen!"

„Ach, das war damals, als die Eroticon-CD heaus gekommen war?"
„Ja Desirée, das war genau damals!"
„Ich hatte zu dieser Zeit eine Liaison..."
Desirée zögerte.
„Ich werd verrückt Desirée, du hast etwas, was du verheimlichen willst? Du willst tatsächlich etwas vor mir verheimlichen!?"
Es dauerte eine Weile bis die Antwort kam.
„Du hast recht, es war ein kurzer Rückfall in die Verschwiegenheit!"
„Du hattest also eine Liaison!"

„Richtig, mit einer Frau!

Sie war so anders, als andere Frauen und irgendwie fühlte ich mich durch ihr Anderssein angezogen, ich fühlte mich in ihrer Nähe sicher und wohl.

Irgendwann ist es dann geschehen, wir waren zusammen in einer Disko und sie nahm mich mit auf die Tanzfläche. Normalerweise empfand ich es als völlig normal, wenn Frauen mit Frauen tanzten, aber diese Musik war eigentlich zu langsam.

Es war ihre Ausstrahlung, ihre Sicherheit und die Wärme und Geborgenheit, die sie mir gab, die mich dazu bewogen, mit ihr so eng und nah zu tanzen.

Und wenn ich mich heute richtig und ehrlich

zurück erinnere, war ich es, die sie an sich gedrückt hat, war ich es die die Augen schloss und die Nähe der anderen genoss.

Die Musik tat das ihre.

Ich klammerte mich an diese Frau, genoss die nahe Wärme ihres Körpers und bemerkte gar nicht, in welchem Maße die uns umgebende Diskoatmosphäre in den Hintergrund trat.

Die Welt, die uns umgab, versank in einem imaginären Nebel. Irgendwann hatte sie mich von der Tanzfläche gezogen und ich fand mich in einem Auto wieder.

Mit absoluter Sicherheit kann ich heute sagen, dass da weder Alkohol noch andere Drogen im Spiel waren; es war einfach die nahe Präsens dieser Frau, die mich hin-und herzureißen vermochte, die mich völlig willenlos zu machen im Stande war.

Wir landeten in ihrer Wohnung.

Sie machte Musik, reichte mir einen Drink und begann mit mir zu tanzen, wie wir es zuvor in der Disko getan hatten - nur, wir hatten diesmal keine Zuschauer.

Wir hielten uns in den Armen und hielten einander fest.

Irgendwann begannen ihre Hände meinen Körper

zu ergründen, wobei sie zielgerichteter vorgingen, als es jemals bei einem Mann der Fall gewesen war.

Ihre rechte Hand schob sich von oben in meine geschlossene Hose und ihr Mittelfinger kam sofort auf den Punkt.

Während wir uns zur Musik bewegten, machten es mir ihre geschickten Finger, ohne Unterbrechung meine Erregung immer weiter steigernd, bis es mir kam.

Ich schrie.

Sie ließ mich los und sah mir in die Augen, als wolle sie sich entschuldigen.

Ich erwiderte ihren Blick und zog mir die Hose aus.

Es pochte in mir.

Es schien zu Pochen, weil ich wusste, dass sie nichts hatte, um mich damit auszufüllen.

Vielleicht pochte es genau aus diesem Grunde, vielleicht stieg gerade darum in mir das verlangen penetriert zu werden, ja möglicherweise gab es in meinem ganzen Leben keinen Augenblick in dem ich heißer drauf war, gebumst, gefickt und gevögelt zu werden, als in dem Augenblick, als ich meine Hose herunter geschoben hatte, einige Schritte zurück ging, mich setzte und ihr meine pulsierende

Fotze präsentierte.

Ohne ein Wort zu sagen, begann ich meine Augen zu schließen und masturbierte, um die von ihr geweckten Gefühle zu erhalten.

Ich spürte, wie sie meine Finger zurückzog.

Ihre Hände ergriffen meinen Hintern und ihre Lippen saugten sanft meinen Kitzler aus der Versenkung hervor.

Fotzelecken hatte mich immer schon ungemein fertig gemacht, aber diese Frau...

Sie leckte mich so intensiv und ausdauernd aus, wie keine Person vor oder nach ihr."

„Wenn wir diese Sache hier überleben sollten, werde ich dich lecken, bis du die Besinnung verlierst und das jeden Tag mehrmals!"
„Soll ich das als so eine Art Liebeserklärung interpretieren?"
„Interpretiere es wie du willst, ich hoffe jedenfalls, dass ich noch Gelegenheit haben werde, dieses Versprechen einzulösen!"
„Ja Evangelos, ich werde dir einen Blasen - du musst wissen, ich habe noch nie einem Mann einen geblasen, du wirst der erste sein! Zumindest habe ich nicht geschluckt..."
„Das ist geil, ich freue mich jetzt schon darauf. Ich hatte mein Leben schon aufgegeben, aber mit dir in dieser Rettungskapsel..."
„Erzähl mir noch einmal eine Blasgeschichte, ich will ja nichts falsch machen! Ich will, dass du deinen ganzen Saft in meinen Mund spritzt, ich will dich trinken!"

„Ralf war damals noch Organist, richtiger Organist in einer katholischen Kirche.

Das heißt, eigentlich war er nur Aushilfsorganist und der hauptamtliche war krank.

Er hatte mich überredet mitzukommen, es gab Augenblicke, in denen es Ralf gelang, mich in Situationen zu bringen, die mir unangenehm waren.

Ich saß also auf der Empore, vor der Balustrade und sah mir den Mummenschanz unten in der Kirche gelangweilt an.

Die Kirche war nicht groß, ebenso wie die Gemeinde. So war nicht verwunderlich, dass der Pastor während der Predigt öfter zu uns hoch sah, denn einerseits befand sich da sein

Aushilfsorganist und andererseits eine Person, die er sicherlich noch nie in der Kirche gesehen hatte; ich.

Während der Predigt ging die Tür hinter mir auf und ich maß dem Vorgang keine Bedeutung bei. Vorher waren Ralf und ich die einzigen Leute hier oben und jetzt war wohl jemand dazugekommen.

Ich saß mit meinem Hintern auf der vorderen Kante der unbequemen Kirchenbank und hatte meine verschränkten Arme auf die Balustrade gelegt, um mir in aller Ruhe ansehen zu können, wer an diesem Sonntag alles zu so früher Stunde aufgestanden war, um in die Kirche zu gehen. Ich war nicht früh aufgestanden, denn Ralf und ich hatten die Nacht damit verbracht, dass wir versucht hatten Frauen 'aufzureißen', was von wenig Erfolg gekrönt war. Aus heutiger Sicht kommt es mir wie ein abgekartetes Spiel vor.

Was der Pastor von sich gegeben hat, kann ich nicht mehr sagen, aber als es geschah, ärgerte ich mich gerade darüber, wie viele junge Menschen noch in die Kirche gingen.

Ein Geräusch!

Eine flüchtige schemenhafte Bewegung.

Ich zuckte zusammen!

Mein Adrenalinspiegel überschritt alle jemals

zuvor erreichten Werte und alles vorhandene Blut schoss mir in den Kopf.
Ich wagte nicht, mich zu bewegen.
Mein Blick fiel nach unten.
Es war jemand vor mich gekrochen.
Der Schreck, der mir in die Glieder gefahren war machte einer großen Überraschung Platz.
Eine dunkle Löwenmähne war zu erkennen.
Das Parfüm das ich roch, kam mir sofort bekannt vor, ich wusste nur nicht mit welchem Frauennamen ich den Duft und die Mähne in Verbindung bringen sollte.
Sie glitt mit einer ihrer Hände an der Innenseite meines Oberschenkels hinauf.
Ihre lasziven Bewegungen waren angetan, meinen Kremasterreflex auszulösen.
Mit einem schnellen Griff zog sie die Öse meines Reißverschlusses runter.
Was soll ich sagen, sie begann mit einer ihrer Hände in meiner Hose zu kramen. Das was sie suchte, fand sie schnell, denn alles Blut, was zuvor in meinen Kopf gepumpt worden war, schien sich nun an dieser meiner Körperstelle konzentrieren zu wollen, sie griff zu und holte ihn tatsächlich raus.
Dadurch, dass sie ihn in die 'Freiheit' geholt hatte, war nun noch mehr Entfaltungsmöglichkeit

für mein Blut, die Erektion ließ mich erbleichen.

Dieser Vorgang musste sich in einer einzigen Sekunde abgespielt haben; ich sei zusehends von einer Sekunde zur anderen erbleicht, das behauptet zumindest Ralf.

Ein kurzer Blick zur Seite zeigte mir Ralfs grinsendes Gesicht.

Er hatte die Angelegenheit arrangiert.

Nachdem sie meinen Schwanz aus der Vorhaut gepellt hatte, rollte sie mit geschickten Griffen einen Pariser drüber, wobei mich wunderte, dass die dünne Membran des Parisers an meinem glühenden Schwanz nicht schmolz.

Sie steckte meinen pariserbewehrten Schwanz in den Mund, glitt mit ihrem Gesicht tiefer und ließ ihn fast bis in ihre Kehle fahren, um ihren Mund ganz wieder zurückzuziehen.

Als er wieder frei in den Raum ragte, pustete sie, möglicherweise in der Hoffnung, dass ihn das ein wenig abkühlen würde.

Aber nein!

Es wurde nur noch schlimmer.

Als Lötkolben hätte ich ihn benutzen können.

Immer wieder senkte sich ihr Gesicht über meinen Schwanz, um ihn so tief wie möglich in ihrem Munde verschwinden zu lassen.

Warum machte sie es so langsam?

Der Pastor war schon fast bei der Wandlung angelangt und sie hatte immer noch kein Einsehen, sie musste doch merken, wie nötig der erlösende Orgasmus mittlerweile geworden war.

Ich griff nach unten und in ihre Bluse.

Sie hatte große Möpse und trug keinen BH, mit fordernden Bewegungen, begann ich ihre Möpse zu kneten, geilte mich an der prachtvollen Weiblichkeit auf und drückte ihr meinen Schwanz entgegen immer tiefer in den Hals.

Hätte ich doch mit den Händen ihre Fotze erreichen können!

Der Pastor begann mit dem Zeremoniell der Wandlung und die Frau holte meinen Schwanz aus ihrem Mund.

Mit rasender Geschwindigkeit wichste sie mir nun einen ab, holte mir einen runter, machte mir einen fertig...

Als der Messdiener die Schellen bediente war es dann so weit.

Sie stellte die Wichsbewegungen ein und stülpte wieder ihre weichen Lippen drüber.

Pulsierend entlud sich mein Schwanz in den Pariser.

Ich spritzte ihr in den Mund und dachte schon,

der Pariser könne die volle Ladung nicht bewältigen.
 Sie sah mich an.
 Hannelore!
 Was mochte Ralf ihr gegeben oder versprochen haben?"

„Hör mir gut zu, Evangelos.
Ich stelle mir jetzt vor, wie sich dein Mund meiner Möse nähert, während meine Hände beginnen, zwischen meine gespreizten Beine zu greifen.
Die Finger der einen Hand stecke ich mir so tief rein, wie möglich und mit der anderen mache ich es mir am Kitzler.
Ich streichle mich zum Orgasmus.
Erzähl mir, wie du dir Mal einen abgewichst hast, ich will es jetzt hören!"

„Valerie hatte mir Magazine aus Frankreich mit gebracht.
 „Wenn du schon wichsen musst, Evangelos, dann sollst du wenigstens in geile Fotzen sehen können!"
 Julie.
 Sie war das erste Girl.
 Auf diesen Bildern konnte ich mir einen fertig machen.

Der Kragenbär der holt sich munter einen nach dem andren runter.

Ich blätterte.
 Bei den ausländischen Magazinen konnte man alles das sehen, was man bei den deutschen mittels PC-Technik retuschiert hatte.
 Muschis.

Nach mehrmaligem durchblättern brauchte ich mir nur noch die Bilder von 'Francoise' an zu sehen.
Bei ihr brauchte ich nicht mehr zu blättern.
Ich konnte mir einen runter holen wenn ich mir nur ein einziges Bild mit ihr ansah.
Auf dem unteren Bild ruhte ihr Hintern auf ihrem rechten Fuß- mit gespreizten Beinen wandte sie dem Betrachter ihre Vorderfront zu, das linke Bein stand auf dem Fuß...
Ihre Lippen waren leicht geöffnet...
Ich konnte meinen Blick nicht von ihrem Haardreieck lösen.
Die Magie kleiner Schamlippen, die deutlich durch die Haarpracht zu erkennen waren...
Die Faszination dessen, was eine Frau zwischen den Beinen ausmachte...
Ich schaffte es, um zu blättern.
Mit geschlossenen Augen hielt ich für einige Momente meine beginnende Erektion unter Kontrolle.
Wenn ich mir schon einen fertig machen musste, dann wollte ich es auch genießen und mir nicht nur eben einen abwichsen.
Ich hatte es schon oft versucht, die Faszination länger aufrecht zu erhalten, indem ich mir

kurzerhand schnell einen abwichste, um dann weiter zu blättern in dem Bewusstsein, dass ich dann länger brauchen würde...

Aber beim zweiten Versuch waren die Bilder nicht mehr das, was sie waren.

Wenn ich abgespritzt hatte, war der Zauber verflogen.

Ich brauchte längere Zeit, bis der Zustand des Unfassbaren die Imagination die zwischen weiblichen Schenkeln zu finden war, wieder aufs Neue erwachte.

Also war ich wieder dazu übergegangen, es langsam zu machen, mir so langsam wie möglich einen runterzuholen.

Ich öffnete die Augen.

Vier Julies waren auf der Doppelseite zu erkennen. Julies, denen ich in die Fotze kriechen gekonnt hätte, wäre da nicht der Widerstand des Papieres gewesen.

Bei diesem Gedankengang kam mir eine Assoziation. Reinhard hatte einmal gesagt, bei Frauen wäre es immer das Selbe, erst könne man reinkriechen und hinterher könne man reinscheißen.

Von dem Tag an verachtete ich Reinhard!

Vielleicht war es auch der Blick dieses Mädchens,

der mir begegnete; offen dargebrachte Nacktheit - das Präsent der visuellen Fotze - die Magie des anatomischsten aller Dreiecke - die Beine gespreizt...

In wie vielen Magazinen hatte ich geblättert, um mir einen fertig zu machen!?

Wie viele Brüste und Ärsche hatte ich gebraucht, um mir einen abwichsen zu können!?

Doch Julie zeigte mir das ersehnte.

Eines ihrer Bilder hätte mir gereicht...

Eines ihrer Fotzenvorzeigebilder und mir würden einige Jahre Knast nichts ausmachen können; oder Francoise!

Es gab da ein einziges Bild von Francoise, bei dem mir die bloße Vorstellung schon reichen konnte, wenn ich wollte, aber ich wollte nicht.

So schön hatte ich im Dezember 1990 'auf' Lisa Forwarts Bild gewichst, genauer gesagt, auf oder über dem Titelbild der deutschen Playboyausgabe. Eigentlich war dieses Bild von Lisa Forward das einzige Einzelbild, das mir für einen Abgang gereicht hatte, vor diesem französischen Magazin.

Die Playboyausgabe mit Lisa musste ich doch noch im Schrank...

Vielleicht sollte ich sie zusammenlegen.

Familienzusammenführung?

Links lag das Bild mit Francoise und rechts die Playboyausgabe mit Lisa.
Ich sah mir die Bilder an und wichste...
Hörte auf, um das Gefühl so lange wie möglich bewahren zu können und begann dann wieder zu wichsen...
Hörte auf, einen Sekundenbruchteil zu spät.
Jetzt gab es kein zurück mehr.
Wenn es schon kein Zurück mehr gab...
Ich wichste schnell und intensiv.
Ja, ich wichste ihn, als wolle ich ihn melken, als wolle ich ihn ein für alle Mal leerspritzen und dann kam es mir.
Ich lenkte die ersten Spritzer vorbei an den Magazinen, um sie nicht zu bekleckern und ließ mir die weiteren einfach so entströmen.
Es floss aus meinem Schwanz, bis die Quelle versiegte.
Danke Francoise, danke Lisa, dass ihr euch so geil fotografieren ließet, dass ihr mir geholfen habt, Normas Abwesenheit zu verkraften.
Vielleicht würde ich einige Bilder von Normas Fotze machen, um sie neben Francoise und Lisa zu legen, wenn ich wichste."

Evangelos hielt inne, als er vernahm, dass Desirées Stöhnen abgeebbt war.

*

Desirée hatte schon seit einigen Stunden, nebenher über etwas nach gedacht.

„Evangelos?!"
„Ja, Desirée!"
„Eigentlich weiß ich gar nicht, wie ich anfangen soll..."
Evangelos Lachen war zu hören.

„Wenn man bedenkt, in welcher Lage wir hier sind und dass wir uns schon so Einiges erzählt haben, glaube ich, dass da jegliche Skrupel Deinerseits fehl am Platze sind!"

„Weißt du, Evangelos, als ich hier in diese Rettungskapsel stieg und deine Stimme hörte, hielt ich dich für einen jungen Kerl unter dreißig, der hier hinein geraten war. Dann habe ich dir zugehört, immer mit dem Gedanken, wie alt ich dachte, dass du wärst. Und wenn ich jetzt hinhöre und versuche nur aufgrund dessen was du sagst und aufgrund des Klangs deiner Stimme... ich halte dich mittlerweile für wesentlich älter!"

Wieder lachte Evangelos.

„Du hast dich wahrscheinlich etwas verschätzt. Ich bin wesentlich älter, als du dachtest. Als du hier herein gerauscht kamst und ich danach deine Stimme hörte, dachte ich auch, du wärst höchstens fünfundzwanzig, aber auch ich kann mich geirrt haben."

„Hast du, aber das ist mir eigentlich egal. Stutzig wurde ich auch, als du offensichtlich die Ren Dhark Serie kanntest, die heute kaum noch jemand kennt."

„Weißt du Desirée, der *Weltraumreporter von Kurt Brand* und die Geschichte mit dem Titel *Der*

Ewige haben mich noch viel mehr fasziniert und beschäftigt."

„Dann bist du wohl jemand, der sich ohnehin sehr mit sich, dem Leben und allem anderen befasst hat?!"

„Ja, dass kann man genau so sagen!"

„Dann erzähl mir doch einfach etwas über – sagen wir, wie du deine sexuelle Ausrichtung entwickelt hast..."

„Du meinst, warum ich was bevorzuge oder warum mich was so richtig anmacht?"

„Ja, genau das! Immerhin gibt es Leute, die behaupten, jeder habe einen Fetisch!"

„Na ja, angefangen hat meine sexueller Prägung wohl, als ich sechzehn war. Was soll 's..."

„Kurzum, diese Geschichte ist, nicht nur aufgrund meines jetzt erneuten Nachdenkens, eine Art von Schlüsseltext, ja ich gehe sogar so weit, dass ich behaupte, gerade diese Geschichte beinhalte den Schlüssel zu meinen sexuellen Vorlieben.
Dieser Text handelt von Ilona.
Seinerzeit!
Seinerzeit arbeitete ich in einem, Krankenhaus.
Ich war sechzehn Jahre alt und absolvierte ein Praktikum.
Mein Einsatzort war eine 'Innere Männerstation' und genau auf dieser Station half eines Sonntagmorgens Ilona aus, die normalerweise auf der 'Chirurgischen Frauenstation' arbeitete und Krankenpflegeschülerin im zweiten Jahr der Ausbildung war.

Dunkle lange Haare, ein absolut formvollendeter Körper...

Zu diesem einen einzigen Tag unserer Zusammenarbeit kann ich eigentlich nichts sagen, denn es war nur ein einziger Sonntag.

Eines jedenfalls ist sicher, dieser eine Sonntag hat dazu geführt, dass diese Frau meine Gedankenwelt beherrschte.

Sie war so anders als die Frauen, die ich in diversen Schulklassen zuvor begehrt hatte.

Sie war anders!

Anders!

Wie anders?

Vielleicht weiß ich es irgendwann, vielleicht werde ich es nie ergründen können - wer weiß.

Die eigentliche Essenz all dessen, was mit Ilona in Zusammenhang zu bringen ist, wenn man `mal von den vielen, durch mich inszenierten, dienstlichen Begegnungen absieht, ereignete sich in einem Zeitraum von nur einer einzigen Nacht, in der Zeit zwischen Sonnenuntergang und Sonnenaufgang...

Es war Sommer!

Nicht zuletzt ein Umstand, der den zu betrachtenden Zeitraum weiter verkürzt.

Einige der Krankenpflegeschüler und ich hatten im damaligen Schwesternhaus, das wir übrigens nur zu diesem Zwecke betreten durften, einen Raum zu einem sogenannten Partiekeller ausgebaut.
Am Abend fand das statt, was man Jahre später nur als die Einweihungsfete kennen würde.
Zur Einweihungsfete gibt es nicht viel zu berichten, wenn man 'mal von dem Umstand absieht, dass wir in eine Schlägerei zwischen Alfred Schröder und einem jungen Arzt eingreifen mussten, dessen Namen ich vergessen habe und der so aussah, dass alle Frauen zu jeder Zeit bereit zu sein schienen, für ihn die Beine breit zu machen...
Jedenfalls gab es keine andere Möglichkeit, als dass Jürgen sich den Schröder auf sehr unsanfte Art griff, der lag nämlich schon auf dem Arzt rum, um ihn zu würgen. Junker griff dem Schröder von hinten in die Augen und drückte dermaßen, dass Schröder schrie und dem Druck nachgebend aufstand.
Der Schönling-Arzt japste nach Luft, als ich ihm auf die Beine half.
Der Kerl war ein ziemlicher Brocken, mindestens neunzig Kilogramm bei einer Größe von deutlich

über einhundertneunzig Zentimetern und wollte an mir vorbei, um sich den nun von Junker im festen Griff gehaltenen Schröder zur Brust zu nehmen, ohne auch nur im Geringsten abschätzen zu können, wie sehr er sich dabei übernahm.

Ich packte ihn also, drückte ihn in einen Türrahmen, die ganze Angelegenheit spielte sich auf dem Flur ab, und ließ ihn nicht vorbei, bis ich mich davon überzeugt hatte, dass Jürgen den Schröder außer Reichweite befördert hatte.

Über diesen Abend gibt es sicherlich noch Einiges anderes zu berichten.

Vielleicht noch dies; die Leitende Unterichtsschwester war eine Nonne, achtundzwanzig Jahre alt und trinkfest genug, um uns allen zu beweisen, dass es durchaus möglich war, achtzigprozentigen Stroh-Rum einfach so herunter zu kippen, ohne mit der Wimper zu zucken.

Aber um zur eigentlichen Essenz des Geschehens vorzudringen, muss zunächst einmal der Schauplatz gewechselt werden.

Acht Leute und ein Handtuch!
Gegen zwei kamen wir am neheimer Freibad an.
Um den etwa zwei Meter hohen Zaun zu überwinden mussten wir uns gegenseitig helfen.
Max war dabei, denn er traute sich nicht ins Wasser und bot netter Weise an, auf unsere Klamotten auf zu passen, Werner war auch dabei, denn kein anderer als er hätte die Idee haben können und, Werner war immer dabei, Ilona und Angelika, beide sehr gut aussehend, obwohl ich mich nur noch an Ilona erinnere, irgendeine uninteressante und nichtssagende Gisela - viele Giselas sind uninteressant und nichtssagend, Hans Schröder, der aufgrund seines rücksichtslosen Verhaltens dann auch der Grund für unseren überstürzten Aufbruch werden sollte und ein Praktikant, dessen Name möglicherweise Ulrich gewesen sein könnte.
Müssen mit mir zusammen acht Leute sein.
Ilona und Angelika, möglicherweise auch diese Gisela, aber wen interessiert es schon, hatten unter ihren normalen Klamotten Badeanzüge getragen, ein Umstand, der letztendlich wegen einer nicht zu unterschätzenden Kleinigkeit, nämlich eines vergessenen Slips, zu einem Zustand meiner

Person führen sollte, der mich den Boden unter den Füßen nicht mehr spüren ließ.

Die drei Frauen waren also aus ihren Sachen geschlüpft und schwammen im Wasser herum, immerhin hatten sie den Vorteil, über eigene Zimmer in besagtem Personalwohnheim zu verfügen, in dem damals noch keine Männer wohnen durften, Werner und Hans zogen es vor, ihre Unterhosen an zu lassen und Ulrich und ich waren uns sicher, dass man aufgrund unserer fehlenden Unterhosen keine Nachteile zu erwarten hatte.

Werner, wieder war es Werner, hatte die Idee, vom Dreimeterbrett zu springen, ein einziges mal und ohne viel Aufmerksamkeit erregen zu wollen.

Hans hatte nichts anderes im Sinn, als es ihm gleich zu tun, mit dem einen kleinen aber nicht unwesentlichen Unterschied, dass er dabei keine Rücksicht auf eventuelle Verluste nahm, laut krachend knallte er ins Wasser und fand noch total irre, dabei einen Tarzanschrei aus zu stoßen.

Dieser Schröder war ein Tier!

Um unangenehme Begegnungen mit den Kojaks zu vermeiden, entschieden wir uns für einen möglichst schnellen Aufbruch, um dabei einen geordneten Rückzug gewährleisten zu können.

Wir verließen das Wasser und stellten fest, nur ein Handtuch zu haben, nämlich Ilonas, mit dem wir uns alle abzutrocknen hatten, so gut es ging.

Ich kann mich noch düster an den Umstand erinnern, immerhin war es fast stockfinster, den Ilona machte, um sich abzutrocknen. Klar, sie trocknete sich so gut es ging ab, zog ihr T-Shirt über und fingerte irgendwie das Oberteil des Badeanzuges runter. Dann zog sie den Rock an und den Badeanzug aus, um sich weiter abtrocknen zu können.

Das war 's.

Düster erinnerte ich mich nur, weil ich gleichzeitig damit beschäftigt war, meine Sachen zusammen zu suchen, Max schien sie immerhin neu geordnet und mit denen der anderen vermischt zu haben.

Eines jedenfalls steht fest, Ilona war mit dem Umziehritual fertig, als sie den Badeanzug von den Füßen gestreift hatte.

Irgendwie gelang es uns dann, so einigermaßen abgetrocknet über den zuvor erwähnten Zaun zu klettern. Hätte ich zu diesem Zeitpunkt schon gewusst, was ich später erfahren sollte, die zuvor erwähnte Kleinigkeit des vergessenen Slips...

Dann auf dem Rückweg zum katholischen Krankenhaus ging Ilona rechts von mir.

Es stellte sich heraus, ja, ich meine Ilona selbst habe es berichtet, dass sie keinen Slip mitgenommen habe...

Erst als sie es selber gesagt hatte, machte es Klick in meinem Gehirn.

Ein Umstand, den ich erst jetzt, im Rahmen des Niederschreibens nach über zwanzig Jahren, zu ergründen vermochte, denn auch wenn ich mich nur düster an den Umziehvorgang zu erinnern vermag, kann ich doch die Sache mit dem fehlenden Slip aufgrund meiner Erinnerung bestätigen.

Sie war in ein gelbes oder weißes enges T-Shirt gehüllt und trug einen kurzen zinnoberroten Faltenrock, einen jener Art, der vorne einen Lendenschurz bildet und seitlich, an den Vorderseiten der Oberschenkel in Falten gelegt ist.

Ilona trug dieses enge T-Shirt und den kurzen roten Rock.

Den kurzen roten Rock!

Kurz und rot!

Kurz und rot und nichts drunter.

Nichts drunter!

Ich weiß noch genau, nach all den Jahren, wie der Rock sich bei jedem ihrer Schritte bewegte, wie er vorne und hinten im Rhythmus ihrer Schritte wippte, weiß noch genau, dass Max und Werner, die von der bedeutenden Tatsache ilonascher Bekleidung nicht im Geringsten beeindruckt waren, ständig versuchten, ihren Rock hochzuheben, was ich als wahrhaftiges Sakrileg ansah, als Störung der Bedeutsamkeit des Augenblickes, obwohl es wohl niemanden außer mir gab, der mit jeder Zelle seines jungen Körpers nur danach gierte, eben diesen Einblick zu erhaschen.
Ich ging neben ihr, neben dieser Frau, die meine ganze Gefühlswelt in Aufruhr versetzt hatte und die erstrebenswertesten Körperteile dieser Frau waren nur durch Luft von mir getrennt, waren meinen Blicken nur durch dieses wippende Etwas von Rock entzogen, waren da, so nah und doch so unerreichbar.
Waren da, zum Greifen nah.
Ein einziges beherztes Zugreifen hätte genügt, ein einziges kurzes Zugreifen, doch ich tat es nicht, nein, sondern wehrte noch die Hände von Werner und Max ab, die einfach nur so, um sich einen

Gaudi zu bereiten, versuchten, Ilonas Rock hochzuheben.

Ich ging, wie auf Watte neben ihr und alle meine Gedanken befanden sich unter ihrem Rock, versuchten gleichsam psychokinetisch die Faszination dessen, was sich meinen Blicken verbarg zu ergründen, mit Gedanken zu erfühlen.

Ilonas Schritte ließen den Rock wippen und meine Gedanken erfassten die Bewegung ihrer Beine, zwischen denen sich die großen Schamlippen bewegten, die die kleinen bedeckten.

Gab es keine Reibung, die Ilona in den Zustand der Erregung versetzte?

Aber gab es sonst Reibung, wenn sie lief?

Was machte sie Sache anders, war es nicht nur dieser fehlende Slip, dessen fehlen mir in diesem Augenblick nur durch Ilonas Worte ins Bewusstsein gedrängt worden war?

Sprachen wir nicht sogar über diesen Umstand, Ilona und ich?

Gab ich nicht an, dass es mir völlig gleichgültig sei?

Hätte sie mir nicht vielleicht ihre Dankbarkeit dafür gezeigt, dass ich sie gegen Max und Werner unterstützt hatte, indem sie mir genau das gezeigt hätte, was ich so dringend zu sehen begehrte?

Wusste diese Frau überhaupt, was sie da angerichtet hatte? Wusste sie es, ja hatte sie es in irgendeiner Weise sogar geplant? Hatte sie bewusst diesen Zustand des imaginären Unten Ohne herbeigeführt, um mit diesem Umstand kokettieren zu können?

Aber waren es nicht möglicherweise meine eigenen Äußerungen, die dafür verantwortlich waren, dass diese Nacht unter der Kategorie verpasste Gelegenheit abzuspeichern war?"

Es dauerte gefühlte Minuten, bis Desirée sich meldete.

„Und!?"

„Was, und?!"

„War da noch was mit Ilona?"

„Nein, Jahre später erzählte mir ein Freund, er wäre ein halbes Jahr mit ihr zusammen gewesen..."

„Und hat er dir erzählt, wo sie ab geblieben ist?"

„Nein, er ist tot!"

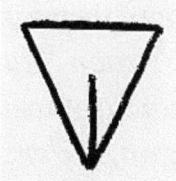

„Auch wenn ich es geschafft hatte, ihm gegenüber den Eindruck aufrecht zu erhalten, völlig locker zu sein, war ich doch in Wirklichkeit eher aufgeregt, um nicht zu sagen erregt, denn der Gedanke an das, was ich für diesem Tag geplant hatte, ließ mich schon schwer atmen. Ich hatte auf der Fahrt zum See meine Beine so weit aus einander gestellt, dass ich den kühlenden Luftstrom des Gebläses durch meine Schamhaare streifen fühlen konnte. Ich sollte mich irren, wenn ich hoffte, dieser Luftstrom könne meine feuchte Spalte trocknen.

Es schien mir gelungen zu sein, Georg gegenüber den Eindruck absoluter Unbeteiligtheit zu vermitteln. Warum ließen sich Männer immer so gut täuschen? Es schien Frauen wirklich keine Schwierigkeiten zu bereiten, Männern gegenüber den Eindruck zu vermitteln, sie hätten an allem Möglichen Interesse, nur eben nicht an Männern.

Obwohl sie ja mit dieser Annahme gar nicht einmal so falsch lagen, wenn man bedachte, dass das Interesse der Frauen die Männer nur als Zwischenprodukt brauchte, weil es doch nur einen einzigen Bereich gab, der Frauen wirklich begeistern konnte; die Aufzucht von Kindern.

Nun gab es im Leben einer jeden Frau aber auch die Situation, dass man sich für das Zwischenprodukt interessierte und gerade aus dieser Interessenlage konnte man oder Mann eine Menge machen.

Für Männer war es schon schwierig genug zu wissen, dass es diese Zeiten des primären Männerinteresses gab, um so schwieriger war zu erkennen, in welcher primären Zustandsform des Interesses sich die Frau, mit der man gerade zu tun hatte gerade befand. Es gab immer wieder Situationen im Leben, die dermaßen sexualzentriert geprägt waren, dass man hinterher froh sein konnte, mit dieser Intention nicht aufgefallen zu sein.

An diesem Tag auf dem Weg zum See hatte ich ganz eindeutige Absichten, die sich nicht nur mit Männern beschäftigten, sondern ganz speziell mit dem, was Männer so alles mit Frauen machen konnten. Obwohl ich mich auf etwas spezialisiert hatte, was mir auch eine Frau geben gekonnt hätte...

Ich sah aus dem Fenster und ließ die Landschaft an mir vorbei gleiten. Er dachte wohl, ich würde mich auf die Musik konzentrieren und kaum seine Anwesenheit neben mir wahr zu nehmen. Vielleicht erwartete er, es werde ihm gelingen, mich im Rahmen des Spazierganges für ihn zu begeistern.

Natürlich beschäftigte ich mich nicht mit diesem Mann an meiner Seite, obwohl er mir schon gefiel; ich hätte mir nie vorzustellen vermocht, mit einem Mann wegzufahren, der mir in keiner Weise zusagte, sondern nur damit, wie ich Georg dazu bringen würde, genau das mit mir zu tun, was ich wollte und nicht mehr. Es musste für ihn den Punkt geben, in dem man seinem Bemühen Einhalt gebot; ich wusste nur noch nicht genau wie.

Doch zur Not gab es ja immer noch eine Möglichkeit, die ich schon in einigen anderen Situationen erfolgreich erprobt hatte.

Ich hatte schon einige Male Situationen erlebt, in denen es sich als äußerst nützlich erwiesen hatte, dass ich schon vor einigen Jahren mit meiner

älteren Schwester sehr offen über dieses Thema geredet hatte.
Wenn ich nicht mehr gewusst hätte...
Na, ich hätte seinen Schwanz durch meinen Mund gleiten lassen und ihm dann so schnell einen gewichst, dass er innerhalb von Sekunden nicht mehr anders gekonnt, als ab zu spritzen."

Ein Ruck ging durch die Rettungskapsel.
Desirée verstummte sofort.

„Desirée was war das!? Hast du das bemerkt!?"
„Klar hab' ich das bemerkt Evangelos! Ich weiß nicht, was das gewesen sein soll! Vielleicht sind wir mit irgend etwas kollidiert, oder man hat uns doch vermisst und wir werden nun gerettet!"
Ein weiterer Stoß war zu spüren.
„Du meinst, dass das die Rettung sein kann?"
„Ja, ich glaube fast, dass da gar nichts anderes mehr möglich ist; man scheint uns vermisst zu haben und nun aus dem All zu fischen!"
„Aber das ist ja nicht zu fassen!"
„Warte erst mal ab! Ich kann mich ja auch irren!"
Deutlich war eine Zunahme der Gravitation zu spüren.
„Jetzt gibt es kaum noch eine andere Möglichkeit Evangelos, man scheint uns tatsächlich aus dem Raum zu fischen."
Ein leises Zischen war zu vernehmen und wurde immer lauter.
„Das hört sich ja so an, als würde die Umgebung der Kapsel mit Luft geflutet, also sind wir nicht mehr im absoluten Vakuum!"
„Ja Evangelos! Ich hätte nicht gedacht, dass wir

diesen Ausflug überleben würden!"

„Wie, du hast nicht daran gedacht, dass wir gerettet werden würden Desirée?"

„Du hast recht, Evangelos, ich habe nicht daran geglaubt, dass man uns retten würde!"

„Auch wenn wir *nur* miteinander gesprochen haben Desirée, hat es doch niemanden gegeben, der mir jemals so nahe gekommen ist!"

„So geht es auch mir, Evangelos!"

„Weißt du was, ich lade dich zu einem Ouzo 12 ein und danach..."

Jemand machte sich an den Luken der Kapsel zu schaffen.

Mit einem vernehmlichen 'Zong' schwangen beide Öffnungen gleichzeitig auf.

Blendendes Licht flutete die Enge der Kapsel.

Ein mehrstimmiger Chor klang auf.

„Überraschungsmagazin!"

Nun noch einige Gedanken zum Schluss:

Erotik, was ist das?

Die Frage, was ist Erotik, ist wesentlich berechtigter, als man gemeinhin glauben mag.

- Was ist Erotik?
- Was ist Sex?
- Was ist Pornographie?
- Wodurch unterscheidet sich Sex von Erotik?
- Wo hören Sex und Erotik auf und wo fängt Pornographie an?

Alles eine Frage der Definition?!

Aber wessen Definition?

Wenn wir es uns einfach machen, ist Sex die Übersetzung von Erotik – also ist letztlich beides identisch.

Wenn man das sagt, erntet man allerdings schnell einen Aufschrei.

Erotik ist Etwas diffuses, etwas diffiziles und Sex ist dann mehr etwas brachiales, vielleicht auch rustikales...

Wobei rustikal wäre ja eigentlich nur die schnelle Penetration – möglichst in der Missionarsstellung – die zu einem möglichst schnellen Abgang des penetrierenden Herrn führt.

Da der Autor von frühester Kindheit an dergestalt geprägt wurde, Frauen zu achten und zu würdigen, schied SEX in der geschilderten Form für ihn aus.

Nun.

Alle Autoren die irgendwann etwas über SEX geschrieben haben, machten wohl diese eine oder eine vergleichbare Erfahrung.

Freunde und Bekannte, die in seinen/ihren Schriftwerken schnupperten, lasen eines mit Sicherheit, die Texte, die etwas mit Sex, Erotik, Pornographie zu tun hatten.

Der Autor hatte, weil Freunde es unbedingt wollten, einen Aktenordner mit begonnenen Romanen zusammengestellt.

Das Ergebnis war verblüffend. Als nach einigen Monaten dieser besagte Ordner zurück an seinen Schreibtisch fand, dachte er, mit diesen Beiden über seine umfangreichen Schriften reden zu können.

Er fragte sie nach einigen Texten und musste sofort erkennen, dass sie noch nicht einmal bis zur zweiten Seite vorgestoßen waren.

„Diesen Ordner mussten wir ja vor unseren Kindern verstecken, reinste Pornographie!"

Der Autor war erschüttert, gab es da doch nur einen einzigen Text, bei dem die Begegnung zweier Menschen etwas genauer beschrieben worden war.

Ein halbes Jahr später fragten Frau und Mann unabhängig voneinander, wie diese Geschichte denn weiter gegangen wäre und ob er das Buch bald fertig stellen werde.

In diesen Momenten meldete sich natürlich der innere Schweinehund bei ihm:

„Nö, ich habe die Seiten geschreddert, so was kann man ja wohl keinem zum Lesen geben!"

Nun konnte er sich an deren Empörung ergötzen, denn bewusst vernichten würde er keinen einzigen Satz.

Da das menschliche Leben letztlich aus SEX resultiert, ist es verwunderlich, was für ein Tabu, oft durch religiös bedingtes Gedankengut, in die Köpfe der Menschen gepflanzt wurde.

Interessanter Weise ist es in den meisten Büchern so, dass Gewalt, Mord und Totschlag, Körperverletzung, Folter und Verstümmelung in allen erdenklichen Einzelheiten geschildert werden und Niemand regt sich auf.

Wenn aber Sex in ausführlicherer Weise gewürdigt wird, sieht das Ganze anders aus.

Robert Anton Wilson, der Coautor der *Illuminatus Trilogie* hatte einen ebenfalls dreibändige Romanreihe namens *Schroedingers Katze* veröffentlicht und aufgrund des Shitstorms den seine Nennung primärer und sekundärer Geschlechtsmerkmale beim Namen, hervor rief, im zweiten und dritten Band, auf die Namen der vordersten Kritiker zurück gegriffen.

Die Vagina hieß bei ihm *Feinstein* und war der damaligen Bürgermeisterin San Franciscos gewidmet, die Brüste hießen *Brownmillers* und der Penis *Rehnquist*.

Leopold es Vedra